Exerzitien des Wartens

Gedruckt mit Unterstützung der Berta Hess-Cohn Stiftung, Basel

1. Auflage 2020
BUCHER Verlag
Hohenems – Vaduz – München – Zürich
www.bucherverlag.com

Bildrechte laut Bildnachweis
Lektorat: Miriam Gartner
Gestaltung: Gorana Guiboud-Ribaud
Herstellung: BUCHER Druck, Hohenems
Bindung: Papyrus, Wien

ISBN 978-3-99018-519-3

201920001
PRINTED IN
AUSTRIA

Kathy Zarnegin

Exerzitien des Wartens

BUCHER

Allen in den Bahnhöfen, Flughäfen und in den Wartesälen der Spitäler, auf einem Schiff auf die Ankunft in einem gelobten Land, auf einer Parkbank auf das Erscheinen der Geliebten, auf den Anruf der begehrten Stimme Wartenden, allen, die in ein Buch oder in den Rauch einer Zigarette versunken sind, allen Kindern, die mit staunenden Augen das Aufgehen eines Teiges im Backofen beobachten, allen, die zweifeln und sich die Zeit nehmen, Antworten zu finden, allen, die die Tage zählen, bis … allen, die, ob sie wollen oder nicht, noch wissen, was Warten ist, sei dieses Buch zugeeignet.

«Um das Warten handelt es sich, wenn immer im Überfluss Zeit ist und es dennoch der Zeit an der Zeit fehlt. Dieser Zeitmangel im Überfluss ist der Dauerzustand des Wartens.»

Maurice Blanchot

«Das Seiende verursacht mir Asthma.»

Cioran

Warten

a. dem Eintreffen einer Person, einer Sache, eines Ereignisses entgegensehen, wobei einem oft die Zeit besonders langsam zu vergehen scheint

b. sich, auf jemanden, etwas wartend, an einem Ort aufhalten und diesen nicht verlassen

c. etwas hinausschieben, zunächst noch nicht tun

d. (veraltend) sich um jemanden, etwas kümmern, für jemanden, etwas sorgen; pflegen, betreuen

e. (Technik) (an etwas) Arbeiten ausführen, die zur Erhaltung der Funktionsfähigkeit von Zeit zu Zeit notwendig sind

f. (selten) (eine Maschine, eine technische Anlage) bedienen.

Duden

Exerzitien des Wartens

§ Auf alles mussten wir in der Kindheit warten: auf das geliebte Schokoladeneis, auf die schulfreien Tage, auf dass es wieder hell wird, auf das Wasser, das unseren Durst stillte, und auf die Rückkehr der vertrauten Stimme. Wir mussten warten und wussten lange nicht, was dieses Warten war und was es mit uns machen würde. Warten war vorerst nur ein *Nicht*. Entsprechend erhielt unsere erste Zeiterfahrung eine erstaunliche Note: Wir erlebten die Zeit als Kind erst in jenen Momenten, als man uns bat oder zu verstehen gab, zu warten. Das Zeitgefühl erlebten wir vorerst als reine Verzögerung. Mit Warten lernten wir zwar die Verschiebungen und Ersetzungen des Lebens (das berühmte *Fort da*), doch das Zeitgefühl selbst war korreliert mit einem Nicht-Haben oder Nicht-Sein, ein Un- von irgendetwas. Mit diesem Warten, das uns in den Märchenraum eines Versprechens verführte, lernten wir auch, dass das Objekt unseres Begehrens mit einem Aufschub korreliert ist.

§ Das *Nicht mehr* als Zeitgefühl musste erst gelernt werden.

§ Dieses Dazwischen, zwischen *nicht mehr* und *noch nicht*, bestimmt unser Zeitgefühl. Beide Vektoren bestimmen auch das Warten, aber mit bemerkenswerten Vorzeichen: Wenn wir warten, sind wir im Gegensatz zu sonst froh über das *Nicht mehr*, wir sehnen uns einzig und allein dem *Noch nicht* entgegen.

§ Durch Warten wird die Gegenwart aufgewertet. Sie wird zur empfundenen Zeit, zur überschäumenden Zeit – wie von der Vergangenheit auf den Händen getragen ...

§ Doch was für ein Paradox! Normalerweise wollen wir, brauchen wir so viel Zeit wie möglich: zum leben, zum lieben, zum arbeiten, zum schlafen, zum Nachdenken ... nur nicht beim Warten.

§ Im skandalösen Nichtstun (-Können oder -Dürfen) des Wartens vergegenwärtigt sich die Dimension des menschlichen Daseins, seine Absurdität, seine Sinnlosigkeit. Beckett ist ohnehin ein Wegweiser: Wann immer wir warten, stellen wir auf *Godot*-Modus um. Wann immer wir warten, geraten wir ausser uns. Wir werden wie Wladimir und Estragon. Bemerkenswerterweise beschert uns dieselbe Erfahrung auch etwas, was unserem Koordinatensystem neue Perspektiven verschafft: Ohne Warten-Können brächte kein Künstler sein Werk hervor.

§ Wir erleben das Warten als eine überflüssige Zeit, mit einer Ausnahme: Wenn uns etwas Unangenehmes erwartet. Dann wird die ungeliebte Zeit des Wartens zu unserem kostbarsten Gut. Warten ist nicht einfach ein «erzwungenes Nichtstun»[1]. Jedenfalls nicht immer: Manchmal ist *hoffen* ein anderes Wort für *warten dürfen.*

JENNETT LAM (*1911)
Waiting III, 1964/65
Oil on canvas, 152,7/115 cm
The Brooklyn Museum, 66.81
Gift of Haig Tashjian

§ Die allgemeine Beschleunigung des Lebens verengt den Zeithorizont: Wir empfinden das Warten als eine Qual. Wir können nicht mehr warten (all die Qualen, die uns kleinste Verzögerungen am Computer verursachen: die verängstigten Gedanken, nun *so viel Zeit zu verlieren* oder aufgeschmissen zu sein) – dabei waren wir nie so schnell ... Virilios *rasender Stillstand* gilt auch für unsere Gefühle, vielleicht in umgekehrter Reihenfolge: Wir befinden uns emotional in einer synkopischen Raserei.

§ Warten ist immer auch Erwarten. In seinem Kern steckt eine Geste des Anspruchs. Niemand wartet grundlos! Oder, wie ich kürzlich in einem Roman las: «Warten ist die natürliche Folge von (...) wollen.» [2]

§ Darum ist Warten unweigerlich mit *Wollen* und *Müssen* verknüpft. Es gibt keinen Automatismus im Warten. Warten ist immer auferlegt, von uns selbst oder von der Welt.

§ Die Mystik hat zu allen Zeiten (in der buddhistischen wie in der christlichen Tradition) als Auftakt zur spirituellen Einübung bzw. als deren Aufrechterhaltung das Exerzieren der *Indifferenz* vorgeschlagen. Darin soll als Erstes ein Gleichgewicht der Kräfte erlangt werden. Die Indifferenz soll dadurch erreicht werden, dass man das eigene Leben und die jeweiligen Gefühle in den Blick bekommt: durch reines Beobachten. Was uns zum *wachtan*, dem ursprünglichen Wort für das Warten, führt, das im Althochdeutschen die Bedeutung *beobachten* bzw. wachen hatte.

§ Wir werden zu einer Art Wärter und Hüter der Zeit (frei nach Heidegger), während wir warten.

§ Warten wird oft in den Schriften, die ihm gewidmet werden, als ein Fall von Nichtstun gehandhabt.[3] Doch fragt es sich, ob Warten in seinem Wesen wirklich mit Nichtstun identisch ist, nur weil die Menschen oft, während sie warten, nicht handelnd sind. Schliesslich ist Warten eine auferlegte Zeit …

§ Wenn wir etwas sorgfältig bewachen, dann sind wir auch imstande, es zu pflegen. Das Beobachten macht uns zu Wartenden

§ Das französische *attendre* hat auch seine Schönheiten. Siehe das lateinische *ad* und *tendere*, tendre (frz. *spannen, dehnen, strecken*), wortwörtlich also *tendre vers*, von daher heute: *gegen etwas streben, auf etwas abzielen, etwas anstreben.* Wir streben etwas zu, während wir warten. Das Warten verlangt unsere *attention*, und während wir warten, während wir uns seelisch dehnen, werden wir zart, weich – *tendre* eben.

§ Die Zeit wird erst spürbar, wenn nichts passiert. Ereignislosigkeit und die Erfahrung der Zeitlichkeit hängen zusammen. Ein Paradoxon der Zeiterfahrung: Sobald wir sie spüren, die Zeit und ihre Vergänglichkeit, kommt sie uns als Stillstand vor. Vielleicht assoziieren wir deswegen das *Warten-Müssen* mit Langeweile, das heisst mit Nichtstun. Was uns zu einem weiteren Widerspruch führt, weil Nichtstun uns als Zeitverlust vorkommt.

§ Oft befürchten wir etwas Kitschiges, wann immer in einem Romantitel das Wort *Warten* vorkommt (Becketts *Godot* bestätigt diese Regel als Ausnahme).

§ *Warten-Müssen* empfinden wir als eine Demütigung – in den Schalterhallen, im trostlosen Warteraum der Behörden, beim Arzt. Und überall, wo wir auf jemanden warten, stellte Roland Barthes fest, überall, wo wir warten müssen oder wollen, entstehen Gefühle. Er nannte sie *Übertragung*. Wann immer wir auf jemanden warten, erwarten wir etwas von ihm. Und bei dieser Erwartung projizieren wir Wünsche auf die Person, die uns warten lässt.

§ Es gibt Rituale des Wartens: Warteschlangen, Personenleitsystem, hin- und hergehen, Versunkenheit im Handy oder in Zeitschriften, auf die Uhr schauen, auf die Uhr schauen und rauchen. Rauchen erzeugt nebst körperlichen Sensationen die kindliche Fantasie, Zeit zu gewinnen (habe irgendwann bei Paul Nizon gelesen, dass er es «hinauszögern» nennt, allerdings spricht er von der Zigarettenlänge und nicht vom Rauchen selbst).

§ In den Märchen wird gewartet. Geduldig. Unaufgeregt. Manchmal sogar im Schlaf.

§ Mit Warten verbindet sich immer auch die Idee einer Erlösung, eines Wunders: Der Messias ist ebenso eine Figur des Wartens wie der Froschkönig.

§ Wenn Philosophieren, wie Sokrates in *Phaidon* lehrt, Sterben-Lernen heisst, dann hiesse Lieben Warten-Lernen. In meinem Begehren ist der Geliebte nie da, selbst dann nicht, wenn er neben mir sitzt. Wenn ich liebe, bin ich ausser mir.

§ Das mag den Reiz von Prophezeiungen ausmachen: Wenn ich warte, wenn ich geduldig das Verstreichen der Zeit auf mich nehme, kommt die Belohnung. Im Geduldig-Sein lasse ich etwas geschehen, der Geduldige leidet, wörtlich. Warten als Positivität ist eine Erfindung der Religionen. In ihren Erlösungstheorien wurde Warten zu einer Tugend. Und die, die die Religionen vorantrieben, konnten nichts von Nietzsche wissen, der erkannt hatte, dass man mit Warten-Lassen den Menschen böse Gedanken in den Kopf setzt.

§ ... und wer nicht warten lernt, warten kann, der wird zu einer tragischen Figur. Ein grosses Dilemma, dessen Inhalt unser Leben wird.

§ Daher schreibt Nietzsche, dass die grössten Dichter das Nicht-Warten-Können zum Motiv ihrer Dichtungen gemacht hätten, da die Leidenschaft nicht warten könne. Das Tragische im Leben der Helden, so Nietzsche, liege häufig weniger in einem Konflikt mit der Zeit, «sondern in ihrer Unfähigkeit, ein Jahr, zwei Jahre ihr Werk zu verschieben; sie können nicht warten» [4].

§ ... sie können nicht warten, die Helden. So auch Jesus in einer Sage. Als sein Esel beim Vorbeigehen ein Blatt von einem Schilfrohr am Wegrand abbeissen wollte, liess er es nicht zu, «er hatte Eile und konnte nicht warten». [5] So blieben allein die Spuren des Bisses zurück. Seitdem haben alle Schilfblätter die Spuren von drei Zähnen.

§ Wenn man bedenkt, dass die biblische Verheissung auf Erlösung, die uns in ihrem Kern nahelegt, warten zu erlernen, wenn man bedenkt, wie tief dieses Versprechen unser Denken und unsere Entscheidungen konditioniert hat, so dürfte der berühmte *Marshmallow-Versuch* der zeitgenössischen Psychologie eine Beleidigung für unsere Intelligenz sein.

§ Beim Warten müssen wir die Zeit auf uns nehmen, ihre Dauer, ihre Last, ihre tiefe Leere, die nur durch unser Handeln wettgemacht wird. Man könnte fast meinen, es sei eine grosse Chance, warten zu dürfen, weil wir uns darin spiegeln, ohne dass einer da wäre. Im Spiegel der Zeit sind wir allein im Bild.

§ Hat Warten ein Gegenteil?

§ Als Kind verbrachte ich Zeit damit, jenen Augenblick zu sehen zu bekommen, in dem sich der Uhrzeiger in Bewegung setzt. Ich wollte sehen, wie er von der einen Minute zur nächsten, von der einen Ziffer zur folgenden weiterschreitet, und hoffte, damit endlich die Zeit selbst zu *sehen* zu bekommen.

§ Das reine Nichtstun ist das Schreckgespenst der menschlichen Existenz. In ihr ergreift mich die Einsamkeit der Steine, die einem Fluss entlang ihr Dasein fristen. Was auch immer ich als Wartende unternehme (um die Wartezeit zu kürzen, um mich von ihr abzulenken), verdeutlicht umso greller meine tiefe existentielle Einsamkeit, meine Angst vor der Begegnung mit ihr – *horror vacui* muss in Anbetracht des Wartens er/emp/funden worden sein. Ein Warten in diesem Sinne bekommt letale Züge.

§ In einem Kapitel mit dem Titel «Die Langeweile, Ewige Wiederkehr» stellt der Flaneur Walter Benjamin ein Zitat von Victor Hugo seinen Notizen voran: «Attendre c'est la vie.» [6]

§ Der Kammerdiener hat zu warten, weswegen er früher auch Aufwärter genannt wurde. So kam es, dass er seine Aufwartungen machen durfte.

§ Das Nichtstun (-dürfen) im Warten ist nicht zu verwechseln mit *dolce far niente.*

§ Frei nach Heidegger: Im Erwarten zeichnet sich unsere Existenz ab. Zum Wärter bzw. *Hüter des Seins* wird allerdings, wer nicht mehr wartet. Es gilt demnach, das *Sein* zu entwarten … Von diesem Gedanken (in der Gegenwart sein!) profitiert vor allem die zeitgenössische Wellness- und Esoterikindustrie, die gerne auch unter Einbezug von banalsten Aspekten des Buddhismus unsere Zeit stiehlt.

§ So wie es Wartezeiten gibt, die unterschiedlich ausfallen – im Gefängnis, im Fahrstuhl, während der Schwangerschaft –, gibt es auch Orte, die speziell fürs Warten konstruiert sind: in den Warteräumen, Hotellobbys oder in den Wartehäuschen an den Bahnhöfen.[7]

§ Sich auf das Atmen zu konzentrieren, ist der letztmögliche Versuch, den Abgrund des Nichtstuns (oder der Leere) aus nächster Nähe in den Blick zu bekommen. Wir üben damit, nicht zu warten. Es ist bereits der Schritt vor der *Steinwerdung*. Bei der japanischen Meditation Zazen beispielsweise geht es darum, in richtiger Haltung zu sitzen, an nichts zu denken – nur zu sein. Eine Haltung, die im Einklang mit den Zengärten ist, wo Steine, Kieselsteine, Felsformationen den Raum bestimmen. Steine sind unveränderbar und den Natureinflüssen gegenüber immun.

§ Die Rituale im Warten offenbaren Typologien. Es gibt unterschiedliche Haltungen in ihnen. Kafka zum Beispiel wartete wie ein Rind, wie er seinem Tagebuch anvertraute. Ein anderer wartet regungslos, ja schon fast wie ein Insekt, und merkt nicht, dass dieser Habitus zu seiner Lebensrolle geworden ist.

§ Im Warten überkreuzen sich mein Anspruch und mein Begehren (wenn ich zum Beispiel auf den Geliebten warte), weswegen Warten zu einem Fantasieort unserer Seele wird.

§ Selbstverständlich kann man auch mit Warten Geschäfte machen! Durch eine einfache Umkehrung, durch Warten-Lassen. Der Mächtige weiss: Wer auf ihn wartet, will etwas von ihm, und wer auf ihn warten muss, wird diese Einsicht noch gewinnen. Darum ist Scheherazade eine Figur der Macht.

§ «Bisweilen kommt es vor: wenn MIR wartet, bringt *es im ich sein Warten zur Sprache!* Unsere inneren Personen haben jede für sich nur einen Mund und ein Ohr – jedoch mehr als eine Sprache», schreibt Valéry.[8] Oui, Maître! Aber was, wenn wir zunehmend taub würden?

§ Man müsste mal zählen, wie oft in der Literatur und im Leben (wobei diese Aggregatzustände durchaus auch zusammenfallen können) der Satz «… und konnte nicht warten» vorkommt.

§ Penelope ist die erste berühmte Wartende. Damit wies Homer auf zwei wichtige Substanzen im Warten hin: Dass es zur Topologie und Selbstverständlichkeit der Liebe gehört, zu warten, und dass das Warten weiblich ist! Entsprechend schrieb Barthes in seiner Liebesbibel: «cet homme qui attend et qui en souffre, est miraculeusement féminisé.»[9] Selbst Blanchot kommt in seinem *Warten Vergessen* nicht ohne eine weibliche Figur aus.

§ Gontscharows ultimativer Philosoph, Oblomow, der das Leben liegend zubrachte, weil ihm die lärmerfüllte Geschäftigkeit seiner Mitmenschen nur ein Konglomerat aus Leere und Eitelkeit schien, ist der Ansicht, dass die Wahrheit nur über einen Umweg zu erreichen sei. Sind aber Umwege nicht Routen, auf denen wir gezwungenermassen anhalten und mangels besseren Wissens eine Weile warten müssen?

§ Der Psychologe David Maistre hat sich in den 80er Jahren mit den Warteschlangen befasst und dabei Interessantes herausgefunden, wie zum Beispiel die Tatsache, dass uns Wartezeiten, die wir alleine verbringen, länger vorkommen als die in der Gruppe.[10]

§ Beim Wort anhalten fiel mir kürzlich ein, dass es auch in der Hegelschen Philosophie eine Rolle spielt. Die Zeit als Marke, die epochemachende Zeit verläuft in einer vermittelnden Entgegensetzung (im Sinne seiner Dialektik) – εποχή «anhalten», will sagen: Im Gegensatz hält sich die Zeit an, wird sie bestimmt. Sind also Epochen Zeiten, in denen etwas angehalten wird und wir notgedrungen warten müssen (wie dies gegenwärtig der Fall zu sein scheint)?

§ Beim Nicht-Warten-Können geht der Bezug zur Vergangenheit verloren. Wir haben erstmals mit einer Generation ohne Interesse an der Vergangenheit zu tun, mit einer Teflongeneration sozusagen ...
Neulich unterhielt ich mich mit einer 28-jährigen Frau im alltäglichen Smalltalk über bestimmte allgemein bekannte Äusserlichkeiten in den Filmen aus den 70er Jahren. Sie sagte mir, dass sie zu jung sei, um diese Merkmale zu kennen (und wörtlich: «Überhaupt, sich solche Filme anzuschauen!»), und nannte mir als Beweis ihr Alter. Die Epoche, von der die Rede war, lag nur zwanzig Jahre von ihrer Geburt entfernt. Ich hatte nicht auf die Topoi der Astrophysik im 16. Jahrhundert angespielt, sondern lediglich auf kulturelle Besonderheiten einer Epoche, die nur zwei Dezennien vor ihrer Geburt als typisch galten und bis heute nachwirken. Die junge Frau meinte es aber sehr ernst.

§ Der Trieb, der kann nicht warten. Gibt es auch einen Wahrheitstrieb? Kann er warten?

§ Im Warten schlage ich eine Brücke zwischen den Zeiten. Ich weiss, dass ich gewartet habe oder werde warten müssen. Das heisst, ich weiss, dass mein Warten in der Vergangenheit verwurzelt gewesen sein wird. Die Vergangenheit ist aber insofern von Bedeutung, als dass sie auch als solche anerkannt wird. Ohne Berücksichtigung der Tatsache, dass sich die Leistungen der antiken Kultur innerhalb einer Zeit vollzogen haben, die weit vor der unsrigen liegt, wäre die Akropolis nichts als eine bedeutungslose Ruine.

§ Ein Geliebter schlug einst aus Wut einen Stuhl auf den Boden und warf ihn zum Fenster hinaus in einen Hinterhof. Warum fällt mir dies in diesem Augenblick ein? Vielleicht, weil gerade von der Sehnsucht die Rede war?

§ Tja! Auch gute Liebhaber müssen warten können …

§ Wenn ich jeden Morgen zur gleichen Zeit am Schreibtisch sitze und verstumme (trotz des Stimmensturms im Schädel), das Kinn für lange Minuten auf die Hand gestützt, die Finger manchmal für Stunden in Alarmbereitschaft auf der Tastatur, der Blick starr gerichtet, mal auf den Bildschirm, mal auf die grossen Fenster, die zu den gegenüberliegenden Häusern führen, in der Angst verharrend, es würde kein Wort mehr kommen, in der Spannung phosphorisierend, wir mögen uns gleich finden: das Wort, der Gedanke und ich ... in dieser Haltung wartend, bis ich sie gefunden habe, die Worte, die selten allein erscheinen, sondern stets in einem Tross, oder sie mich – dieses tägliche *Lettre et le Néant*, sich wie eine (Sehn)Süchtige dem Abgrund entlangzubewegen ...

§ Beckett stellt in seinem Buch Der *Namenlose* eine Frage, die auch ein Wunsch sein könnte. Er schreibt: «Wenn ich nachdächte, während ich auf etwas Verständliches warte?»[11]

Die Kombination Wunsch-Frage mag allerdings genauso redundant sein wie die Paarung von Frage und Warten. Verbirgt sich nicht hinter jedem Warten ein Wunsch, eine Frage (nach wann, nach ob usw.)?

Es lohnt sich trotzdem, die Beckettsche Wunsch-Frage unter die Lupe zu nehmen. «Wenn ich nachdächte, während ich auf etwas Verständliches warte?» ist prismenartig angelegt und lässt mindestens an folgende Deutungen denken: a) Es gäbe auch die Möglichkeit, auf etwas Unverständliches zu warten (wobei es offenbleibt, ob unver-

ständlich *grundlos* bedeutet). b) Während wir auf etwas Verständliches warten, befinden wir uns geistig oft (immer) in einem nicht sonderlich fruchtbaren Zustand: Wir können in diesem Zustand nicht nachdenken. c) Es wäre etwas Ausserordentliches, beim Warten-Müssen denken zu können. d) Nachdenken sei nur möglich beim Warten auf etwas Unverständliches. e) Es gäbe den Zustand, grundlos zu warten bzw. auf etwas Unverständliches zu warten (Doch was wäre das? Godot?).
Fazit: Das Unverständliche, alias Godot, als Bedingung und Garant für unsere intellektuellen Engagements? Ohne Godot-Gott-Father kein Denken?

§ Das Durcheinandergeraten bzw. das Verschwinden einzelner Zeiten (als Objekte des Interesses) schafft nicht nur neue Sichtweisen, sondern auch neue Machtverhältnisse, auch im sensorischen Bereich. Vor einem Display wird, von wenigen Ausnahmesituationen abgesehen, nie gewartet. Das Überbeschäftigt-Sein des Auges macht uns anfällig für Taubheit. Ich will mir nicht vorstellen, was noch übrig bliebe, wenn die Stimmen nicht mehr zu hören wären (die, von denen vielleicht Valéry spricht).

§ In der Tat: All diese nächtlichen Träume von unbekannten Sprachen, von abwegigen Figuren und Konstellationen ... Warum sollten unsere Träume sonst so unverständlich sein?

§ Valéry als Antwort auf Beckett: «die Leute, die ‹denken›, bewegen sich mit verbundenen Augen in dem sehr kleinen Zimmer des menschlichen Geistes [... dieser Raum ist sehr beschränkt]. Es ist ein Raum von einem Dutzend *Wörtern.*» Und an anderer Stelle: «Das wirklich Neue wäre vollständig unausdrückbar.» [12]

§ Warten als Geste hat keinen Empfänger. Ich mag auf etwas oder jemanden warten, aber am Schluss bin ich diejenige, die empfangen wird.

§ Während uns Beckett beibringen wollte, dass Nachdenken nur beim Warten auf etwas Unverständliches möglich sei (in der Vorstellung einer Transzendenz oder von etwas Abstraktem), weist Maurice Blanchot nicht mit Unrecht darauf hin, dass man schon etwas weniger warten würde, wenn man auf etwas Bestimmtes wartete. [13] Nun, was streben wir mehr an: nachdenken zu können oder weniger zu warten?

§ Die Zukunft ist der Mangel, der mich vorwärtstreibt (klingt irgendwie nach Sartre!). Und ohne Zukunft gäbe es kein Warten. Solange die Zukunft von Bedeutung ist, gibt es ein Warten.

§ Gestern fragte mich jemand in der Bibliothek, wo Goethe sei. Das hat mich zärtlich berührt, weil ich mich auf einmal in eine vergangene, verschwundene Zeit zurückversetzt fühlte.

§ Was sind wir für eine Zivilisation geworden, in der uns Möchtegern-Gurus – in der Regel BWL-Absolventen, die gerne Porsche fahren – Langsamkeit anordnen, in der Bücher herauskommen, die uns ernsthaft und eindringlich zureden, manchmal einfach zum Fenster hinauszuschauen, Tee zu trinken oder gar nichts zu tun? Welche Menschen brauchen solche Ratschläge?
Lächerlich genug, eine Studienrichtung namens *Glücksforschung* an einer Universität einzurichten – dass sie aber von den Ökonomen dirigiert (und selbstverständlich von der Psychologie assistiert) wird wie alles andere, was uns derzeit im Leben behilflich und einem Markt dienlich sein soll, sollte alle Alarmzeichen auslösen.

§ Warteschlangen als eine «Beherrschungsleistung». Ralf Konersmann schreibt: «In der Warteschlange sind wir alle gleich, und so treibt der Kodex des Wartens eine eigene Verhaltenskultur hervor, die durch die spontane Stiftung von Solidarität und verbindlichen Verhaltensnormen die Verunsicherungseffekte des reinen Nichtstuns unterläuft.» [14]

Doch andere Länder, andere Sitten! An vielen Orten kennt man die Kultur der Warteschlange nicht. Im Gegenteil: An vielen Orten gilt die Priorisierung der eigenen Interessen als eine legitime, banale Alltagsgeste. Und interessanterweise begegnet man an einigen Ecken der Welt, in denen gerade diese Praxis geläufig ist, dem «Nichtstun» gelassen. Es ist keine Sünde, nichts zu tun!

Nun höre ich kritische Stimmen, die die Akzeptanz des *Nichtstuns* und das Gelten-Lassen des Rechts der Stärkeren einer politischen Struktur zuweisen, in der der Einzelne kein gesellschaftliches Ansehen geniesst und in dem es als normal gilt, übergangen zu werden.

Tatsächlich darf die Warteschlange als Resultat einer demokratisierenden Entwicklung verstanden werden, in der wir uns vor allem zwei Dinge beigebracht haben: die Idee der Gleichheit sowie die Anerkennung der Logizität (die Berücksichtigung einer Reihenfolge beispielsweise). Der Glaube an Gleichheit allein genügte niemals bei diesem Prozess, da würde ein Chaos ausbrechen. Es war immer schon die Idee der Gleichheit *vor* irgendeiner höheren Instanz (Gott, Vernunft, Gesetz), die der Demokratie ihre Konsistenz verliehen hat. In diesem Kontext ist es die Subsummierung der Gleichheit unter die Logizität der Zeit, die uns die Warteschlange ermöglicht hat (wer früher

kommt, kommt früher dran usw.) – das heisst die Allegorisierung der Gleichheit als eine Zeitinstanz, bestehend aus Zukunft, Gegenwart und Vergangenheit.
In der Warteschlange wird der Vergangenheit als erster der Zeitformen in logischer Hinsicht eine prioritäre Bedeutung zugemessen. Ohne diesen Wert wäre die «spontane Stiftung von Solidarität» kaum denkbar. Wir verdanken diese Kulturleistung dem Umstand, dass wir die Mathematik auf unser Verhalten projiziert (erstens, zweitens, drittens ...) und sie über sozialen Rängen stehend definiert haben: Nur so konnte aus dem strapaziösen, chaotischen, manchmal auch vergeblichen Warten in der Menge die Warteschlange entstehen. Dass dabei die «Verunsicherungseffekte des reinen Nichtstuns» unterlaufen werden, ist ein Sekundärgewinn. Frappierend scheint mir viel mehr der Umstand, dass uns wiederum eine Schlange ihre Dienste angeboten hat.

§ Apropos Schlange! Ist es nicht interessant, dass auch Tiere warten können? Allerdings vollbringen sie diese Leistung im Hinblick auf ein einziges Ziel, ihr Überleben. Wir hingegen warten oft auf wesentlich unbedeutendere Dinge.

§ Eine kleine Ergänzung zur *Warteschlange:* Dass Denken eigentlich Rechnen mit Begriffen sei (Hobbes u.a.) bzw. unsere Tendenz generell, Logik und Mathematik gleichzusetzen, scheint nur auf den ersten Blick verlockend und einleuchtend. Beim zweiten fiel mir heute Nacht ein (ich konnte nicht schlafen und lag um halb drei Uhr morgens mit offenen Augen im Bett, weiss Gott, worauf mein Blick in der Dunkelheit fiel), dass auch die reine Mathematik ohne Bezug auf Symbole nicht denkbar wäre. Mit anderen Worten: Die Logizität der Mathematik selbst dürfte ein Resultat unseres Sprachvermögens sein. Damit ist die *Warteschlange* eine echt biblische Figur!

§ Überall, wo wir etwas beherrschen wollen, nehmen wir das Warten in Kauf. Im Idealfall wissen wir: Beim zehnten Versuch werden wir ein wenig besser sein als beim ersten. Idiotischerweise geht unser Bildungssystem heutzutage einen anderen Weg. Kinder lernen nicht mehr zu warten. Warum müssen sie nichts mehr auswendig lernen? Warum sollen sie nicht mehr gewisse Strapazen auf sich nehmen, die sie mit dem Zeitfaktor konfrontieren? Das heutige Schulsystem kreiert fantasielose Bürger, die perfekt dienen können, weil ihnen lediglich beigebracht wird, etwas zu bedienen. So erstaunt es nicht, dass man immer mehr Menschen ohne wahren Esprit an den Schaltstellen der Bildung und Kultur antrifft. Menschen, die gelernt haben, Statistiken herzustellen, anstatt nachzudenken. Die Diversity-Kultur, so edel und korrekt sie auch in ihrem Kerngedanken ist, findet in der sturen Praxis erstaunlich viele Anhänger unter den Statistik-Funktionären.

§ PS: Offenbar waren die Tücken des Schulsystems bereits in den Anfängen des letzten Jahrhunderts angelegt. Karl Kraus hatte damals schon moniert: «Die Schule ohne Noten muss einer ausgeheckt haben, der von alkoholfreiem Wein betrunken war». [15]

§ Warten als Sinnerweiterung. Jedes Wort, das so behandelt wird, als hätte es einen singulären Bedeutungsraum auszufüllen und sonst gar nichts, schafft ein Gefängnis. Die Gesetzgebung und die Justiz vollbringen die höchste praktikable Form unserer Gerechtigkeit, weil sie sich an die strengste Handhabung der *Wörtlichkeit* innerhalb eines Sinn machenden Systems halten. Aber so zu tun, als würde ein Begriff wie die Demokratie an sich keine Widersprüche zulassen, und sich so empört aufzuführen, wie einige Schriftstellerkollegen es tun, wirft auch ein Licht auf unsere Zeit und ihre Akteure. Unsere Schriftsteller scheinen heutzutage ohne ein Wissen über die Dunkelheit der Worte auszukommen. Im Grunde kein Wunder, wenn eine nicht sonderlich ingeniöse Komikerin, die durch den Gebrauch des Wortes Menstruation von unseren Medien als *gefährlich*, ja sogar *böse* etikettiert wird, kürzlich zur Botschafterin einer ernsthaften Kulturveranstaltung namens *Die Zukunft der Sprache* erkoren wurde. Ich will mir nicht ausmalen, wie diese Zukunft aussehen wird.

§ In einem Gedicht bittet Heine seine Geliebte, ihn nicht warten zu lassen («Nur warten, warten lass mich nicht»), und beschreibt darin die Qualen dieses Wartens – die Geliebte erschien natürlich nicht zur Vereinbarung.

§ Jemandem, der eine Weile vergeblich auf uns gewartet hat, erscheinen wir als ein Missverständnis.

§ Und wir warten auch, wenn wir etwas nicht aufgeben wollen: einen Wunsch, ein Ziel, die Erinnerung an eine Liebe ... Dann pflegen wir diese Herzensdinge und warten sie – damit kann man ein Leben zubringen.

§ Virilios «Unordnung der Simultaneität» schafft nicht Ecken und Kanten, sondern in erster Linie Verwirrung. Gut, ich könnte mich auch beim Warten in qualvolle Fantasien hineinsteigern, die meinem Geist nicht guttun, ich könnte vor lauter Langeweile, die ich geschehen lasse, modrig werden. Aber im Unterschied zu jener Unordnung, deren Hauptwesen Zerstreuung sein dürfte, habe ich im Warten eine cartesische Gewissheit.
Es soll mir bitte jemand erklären, wie in einer von der Diktatur des Bildes (und der Suggestionskraft seiner Evidenzen) beherrschten Welt diese Gewissheit möglich sein soll. Schliesslich ist das Fundament der Gewissheit das Privileg, zweifeln zu dürfen. Und Zweifeln geht im Normalfall automatisch mit Innehalten und Warten einher.

§ Zu den zeitgenössischen Höllen- und Paradiesvorstellungen. Mag «l'enfer» sein Unwesen immer noch als *der andere* (Sartre) oder in uns selbst (Baudrillard) in ewig gleichem Habitus treiben, aber das Paradies haben wir neu mit unendlich vielen Deko-Objekten zu uns geholt: mal als Grüntee, mal als Kokosöl, mal als Avocado, alles im Namen der Achtsamkeit. Die Ware gibt die Ideologie vor, und diese besagt: Du musst dich entspannen!
Gehörten Verwandlung und Vielgestaltigkeit früher nicht zu den rudimentären Kunstfertigkeiten des Teufels selbst?

§ Ach, Erinnerungen! Bei ihnen müssen wir nie warten. Sie sind stets bei uns, auch wenn wir es nicht immer wissen.

§ Ich mag jene Literatur, bei deren Lektüre ich warten darf, verabscheue hingegen die, bei der ich warten muss, weil diese Art Schreiben auf künstliche Weise darauf ausgelegt ist, warten zu lassen. Dort hingegen, wo die Kunst selbst am Werk ist, entscheide ich als Leserin, wann ich einen Halt machen möchte. Und ich kann diese Entscheidung treffen, weil ich bereits mitfahre.

§ Es geht nicht darum, ein Requiem auf die Vergangenheit und ihre Erzeugnisse zu reimen. Es geht darum, dass wir heute immer weniger bereit sind, den Verlust zu akzeptieren. Vaporisierende Worte …

§ Der SMS-Alltag (auf den üblichen Kanälen wie WhatsApp, Messenger etc.) wirft viele Fragen auf. Die Texte der Digital Natives haben eine eigene Duftmarke: deren Kürze, deren Bildbezug durch Einsatz von Icons, deren Vernachlässigung grammatischer Ordnungen (das Fehlen von Satzzeichen etc.). Aber vor allem eine einzige Besonderheit entlarvt den Absender einer SMS als Kind seiner Zeit. Ein Mitglied der Display-Community verschickt in der Regel den gesamten Inhalt von im Grunde einer einzigen Aussage in frakturierter Form. Jeder Satz, unabhängig von seiner Bedeutung im Gesamtkontext, muss sofort weggeschafft werden, sodass am Schluss sieben oder zehn solcher Textmeldungen zusammen erst das Gemeinte an die Empfängerin bringen. Einen älteren Absender erkennt man an seiner Ökonomie, weil er sich Zeit nimmt, seine Aussage in einem einzigen Satz und diesen in einer einzigen SMS unterzubringen.
Die Jungen orientieren sich beim Schreiben an der Geschwindigkeit der gesprochenen Sprache. Darum muss jedes Wort, jedes noch so unbedeutende Satzfragment sofort beim Empfänger landen. Dass diese Fragmente für sich genommen schwer greifbar sind, ist von wenig Interesse. Doch wenn das geschriebene so sein soll wie das gesprochene Wort, ohne den dem letzteren inhärenten *Anspruch*, so sind wir dabei, eine neue Sprachmodalität zu instituti-

onalisieren. Eine Sprache, die sich zwischen Oralität und Schriftlichkeit situiert (ein zur Sprache gewordenes Medium): eine Schriftlichkeit, die die Möglichkeiten ihrer rasanten Verbreitung benutzt, in ihrem Wesen jedoch das gesprochene Wort mimt. Könnte es sein, dass wir dabei sind, die Schriftlichkeit zu verlieren? Auch durch ihr inflationäres Vorkommen?
PS: Im Schreiben gibt es eine Annäherung an das Reale (in Lacans Verständnis). Formalisierungen und Abweichungen sind die Sache der Schrift (Wer sprach von der psychotischen Schrift?), obwohl sie interessanterweise als Garantin der Verbindlichkeit gilt, zumindest bisher gegolten hat. Im Sprechen hingegen ist Abweichen nicht möglich (einzige legitime Ausnahme: Ironie!). Tiefgreifende Abweichungen in der gesprochenen Sprache werden entweder als Nonsens (bzw. Fun) oder als Widerspruch bzw. als Lüge empfunden. Die Frage nach Wahrheit (und Fiktion) stellt sich also in dringender Weise, wenn die Ebenen der Schrift und Oralität durcheinandergeraten.

§ Die Geduld von Menschen beim Warten in gewissen Kulturkreisen hat auch mit ihrer fatalistischen Einstellung der Welt gegenüber zu tun:[16] Das, was passieren muss, wird passieren! *Inshallah* ist ein Wort, das dem Warten einen Sinn gibt.

§ Warten verbindet. In den Warteschlangen reden die Menschen miteinander und bilden Gemeinschaften.

§ Die Priorisierung der Oralität (im Dienste der Zeitoptimierung) hat auch in der Literatur seltsame Blüten hervorgebracht: die sogenannte *Spoken Word Poetry*, die sich von einer essentiellen Idee und Praxis der wahren Poesie zu einem Affentheater auf der Bühne entwickelt hat und – wen wundert's? – die Massen verzückt. Und wenn diese Spalier stehen, sind die Geldgeber (heutzutage Kulturvermittler genannt) und die Akteure des Betriebs auch nicht weit. Und dass die sprachscheue Schweiz auf diesem Pferd, das sein versifiziertes Frühstücksmüsli am Liebsten mit einem Löffeli schlürft, besonders gerne reitet, überrascht auch wenig. Aber warum wollen fast alle Vertreter und Vertreterinnen dieses Genres am Schluss ihre Ergüsse publiziert sehen? – Sokrates hinterliess auch keine Schrift.

§ In einem seiner Aphorismen hielt Karl Kraus eine bemerkenswerte Unterscheidung zwischen dem Dichter und einem schöpferischen Schauspieler fest. Die «Wortkunst», schrieb er, wendet sich an «Einen [...], an den idealen Leser», wohingegen die «Sprechkunst» sich an «Viele [...], an die realen Hörer» wende. Und schloss daraus: «Zwei Wirkungsströme, die einander ausschalten. Der jahrhundertalte Wahnsinn, dass der Dichter auf die Bühne gehöre, bleibt dennoch auf dem Repertoire und wird jeden Abend vor ausverkauftem Haus ad absurdum geführt.»[17]

§ Im Grunde rudern Virilio und Herbert Marcuse im selben Boot. Der rasende *Stillstand* des Ersten befindet sich im engen Familiennetz der *Syntax der Abkürzung* des Zweiten. Marcuse hatte schon früh und eindringlich dargelegt, wie diese Syntax Gegensätze versöhne, und wie sie die Basis der Logik der Manipulation bilde. Die Logik einer Gesellschaft, die es sich leisten könne, auf Logik zu verzichten.[18] Doch was sollen wir heute mit der Allgegenwärtigkeit dieser (Un-)Logik tun? Wie ist einer kranken Sprache, die uns in allen möglichen Diskursen (politischen, wirtschaftlichen usw.) begegnet, entgegenzutreten? Falsche logische Kombinationen, Lügen, Abkürzungen (aus Faulheit, Desinteresse oder aus Optimierungswillen), die alienhafte Weltkonstruktionen hervorbringen ... Wie sollen wir uns in einer Welt mit psychopathischen Zügen zurechtfinden? Ein schwieriges Los, denn wie jede Klinik bestätigen kann, sind Psychopathen hoch manipulative Wesen, die sich immer perfekt ihrem Gegenüber anpassen können. Wir sind längst immun gegen Widersprüche in einer hypnotischen Welt. Zwar verhilft uns die Flucht ins Private noch eine Weile bei der Aufrechterhaltung der Illusion, dass wir und unser kleiner Garten (insofern wir uns einen leisten können) vom gestörten Getue draussen nicht kontaminiert seien, und wir pflegen und hegen mit gutem Gewissen unsere Vernünftigkeit im Privaten und erlauben uns Scherze

und Empörung über das, was wir von der Welt mitbekommen, aber das Private ist längst von äusseren Faktoren durchsetzt. Es ist aber nur eine Frage der Zeit, bis wir uns an den Gedanken gewöhnt haben, dass das fratzenhafte Gesicht des Unsinns unser eigenes ist. Mag sein, dass sich diese Gedanken paranoid anhören.
Immerhin hat sich die Paranoia als eine treue Dienerin bei der Wahrheitssuche erwiesen.

§ Ja, lieber Peter Handke, ich bin auch müde.

§ Siegfried Kracauer schreibt: «Da viele senden zu müssen glauben, befindet man sich in einem Zustand dauernder Empfängnis ...»[19]. Man könnte meinen, er hätte diesen Satz im Hinblick auf die heutigen Verhältnisse geschrieben. Gegen die Werbung und alle Zerstreuungsmassnahmen der kapitalistischen Gesellschaften gerichtet, entlarvt dieser Satz lediglich, dass wir uns seit einer langen Weile schon auf einem schwierigen, weil nicht zu Ende geführten Wanderweg befinden: *Ein Zustand dauernder Empfängnis* bedeutet permanentes Trächtig-Sein, Schwanger-Gehen-Mit, aber kommt es auch zu einer Niederkunft? Auf geheime Weise sind wir wieder Wartende, weit mehr, als wir es früher waren. Niemand lief früher den ganzen Tag mit einem Telefon herum – das fiebrige Warten auf einen gewünschten Anruf war an sich eine Sensation. *Im Zustand dauernder Empfängnis* hingegen spielt es keine Rolle mehr, wer sendet. Es ist ein künstliches Warten mit einem beliebigen Objekt. Dieses Warten hat Ähnlichkeiten mit den künstlichen Begehrlichkeiten der Werbung.

§ Gegen das Unlogische an sich, manchmal sogar gegen den Unsinn, ist nichts einzuwenden: Der Witz und die Kunst wären nicht imstande, zu leisten, was sie sind, wenn sie nicht in dieser Sphäre zu Hause wären. In gelungenen Fällen fördern sie damit sogar einen Schimmer Wahrheit zutage. Und es ist grossartig, dass und wie sie das tun. Ich habe auch nichts gegen das Schöne an sich. Ich bin gerne umgeben von schönen Dingen, manchmal sogar besessen davon. Nein, darum geht es nicht. Es geht um die Instrumentalisierung ...

Bekanntlich verdient nicht alles, was Schein ist, die Bezeichnung Kunst. Der invasive Einsatz der Ästhetik in allen Lebensbereichen (ein Display ist schliesslich eine Leinwand und es soll Menschen geben, die mit ihrem Display – Handy, Laptop & Co. – ins Bett gehen) verklärt noch mehr die Grenze zwischen Kunst und Lüge. Diese allgegenwärtige glatte Oberfläche, die uns mit ihren falschen Versprechungen und Verheissungen, konkret: mit ihren Kuscheltentakeln verzaubert, ist ein Produkt der Lüge (in der Werbung, in den Supermärkten, auf den Stadtfassaden, im Fernsehen, im Diskurs korrupter Politiker, im Verve psychotischer Religionsführer und Fanatiker, in den unvorstellbar dummen Unterhaltungsserien, in der nimmersatten Wirtschaft, in den Bildern hypergestylter, weltkluger Girls, die merkwürdigerweise als hirnamputiert rüberkommen u.a.). Diese Oberfläche oszilliert nicht wie ein Kunstwerk zwischen Wahrheit und Lüge. Sie ist glatter Schein im Medium der Lüge. Eine ihrer markantesten Eigenschaften besteht darin, dass sie in ihrem Sein keine Zeit beansprucht. Mit der wahren Kunst teilt sie zwar die Wirksamkeit eines intravenösen Zugriffs, aber während

jene sich in (Zeit-)Schichten in ihrem Betrachter ausbreitet und fortentwickelt (zu einer Geschichte vielleicht?), während jene zum Nachdenken anregt, weil sie eine gewisse Dauer – Ausharren, Warten, Zweifeln – in ihrer Entstehung erfordert hat, während jene Spuren hinterlässt, ist diese nach einem Augenaufschlag tot. Doch alle Achtung: Tot war sie vorher schon, vor ihrem Biss, einzig, dass sie danach auch uns infiziert hat!
Während die hypnotische Wirkung der Wahrheit in der Kunst (Literatur, Musik) zu einer bewussten Auseinandersetzung mit einem Bild, mit einem Gedanken, mit einem Rhythmus führt, während sie Erinnerungen in uns auslöst, von denen wir gar nicht wussten, dass sie in uns schlummern, und wir damit unserer persönlichen Wahrheit näherrücken, während wir im Gespräch mit diesen Erinnerungen auf irgendeine Weise Spuren hinterlassen, auf irgendeine Weise zu einer Stimme finden, die bezeugen wird, dass wir es waren, in unserer Einzigartigkeit, macht jener tote Schein der Lüge uns heimlich zu seinesgleichen. Doch Komplizen der Zombies können nur Zombies sein.
Wir leben in einer Zeit der Psychopathien. Nicht, weil immer mehr solche Persönlichkeiten die hohen Ämter der Welt und der einzelnen Gesellschaften bekleiden, sondern auch, weil unsere Welt zunehmend solche Züge aufweist. Fragt sich bloss, was zuerst da war …

§ Der platonische Staat ist ein Staat, der nach Massgaben der Vernunft gerecht sein will. Das Hauptziel einer in der Polis organisierten Vernünftigkeit ist Platon zufolge einzig und allein die Gerechtigkeit. Von diesem Ziel ausgehend, muss sein Urteil über die Dichter verstanden werden. Platon geht davon aus, dass die Dichtung uns rührt und dass sie an unsere Gefühle appelliert. Und da das Irrationale der Gefühle auch uns selbst unvernünftig mache, müssten die Dichter den Staat verlassen: «Hüten muss sich vielmehr jeder Hörer vor ihr [der Dichtung], für die eigene Seelenverfassung fürchten ...» [20]
Vergleicht man dieses Ziel mit den Vorgaben der *Bundesverfassung der Schweizerischen Eidgenossenschaft*, immerhin eine der fortschrittlicheren ihrer Art, wird ein grosser Unterschied sichtbar. In der pathetischen Präambel der Bundesverfassung aus dem Jahre 1999 steht als Erstes geschrieben:
«Im Namen Gottes des Allmächtigen!»
(Wo sind all jene, die sich über *Allah-Rufende* ärgern?)
Hier das Ganze, weil dieser Text sehr liebenswürdig ist:
«Im Namen Gottes des Allmächtigen!
Das Schweizervolk und die Kantone,
in der Verantwortung gegenüber der Schöpfung,
im Bestreben, den Bund zu erneuern, um Freiheit und Demokratie, Unabhängigkeit und Frieden in Solidarität und Offenheit gegenüber der Welt zu stärken,
im Willen, in gegenseitiger Rücksichtnahme und Achtung ihre Vielfalt in der Einheit zu leben,
im Bewusstsein der gemeinsamen Errungenschaften und der Verantwortung gegenüber den künftigen Generationen, gewiss, dass frei nur ist, wer seine Freiheit gebraucht,

und dass die Stärke des Volkes sich misst am Wohl der Schwachen, geben sich folgende Verfassung.»
Artikel 1 fasst den Bund der Kantone zusammen und führt sie auf, dann aber Artikel 2 der Bundesverfassung:

1. Die Schweizerische Eidgenossenschaft schützt die Freiheit und die Rechte des Volkes und wahrt die Unabhängigkeit und die Sicherheit des Landes.
2. Sie fördert die gemeinsame Wohlfahrt, die nachhaltige Entwicklung, den inneren Zusammenhalt und die kulturelle Vielfalt des Landes.
3. Sie sorgt für eine möglichst grosse Chancengleichheit unter den Bürgerinnen und Bürgern.
4. Sie setzt sich ein für die dauerhafte Erhaltung der natürlichen Lebensgrundlagen und für eine friedliche und gerechte internationale Ordnung.

Nirgends ist im signifikanten Auftakt der *Bundesverfassung* von Gerechtigkeit die Rede. Eine «möglichst grosse Chancengleichheit unter den Bürgerinnen und Bürgern» ist weit entfernt von Platons radikaler Umsetzung der Gerechtigkeit im Idealstaat. Immerhin wird in diesem Staat etwas sichtbar, das uns heute behilflich sein könnte. In der Politeia müssen einige barbarische Akte vollzogen werden, um die Unvernunft nicht aufkeimen zu lassen.
Mit anderen Worten: Die konsequent durchgesetzte Vernünftigkeit im Dienste einer omnipräsenten Idee der Gerechtigkeit ist ohne Ungerechtigkeit nicht durchführbar. Wir kommen, das ist meine heutige Lektion bei Platon, aus den Widersprüchen, die uns das Leben und vor allem die Worte mit auf den Weg geben, nie heraus. Allein deswegen scheint mir die «möglichst grosse Chancengleich-

heit unter den Bürgerinnen und Bürgern» als Ziel höchst sympathisch.
Rationalität steht dem Menschen wie eine Hausapotheke zur Disposition. Aber wer macht schon eine nur in Notfällen nützliche Büchse mit oft abgelaufenen Salben und Medikamenten, von denen wir nicht einmal genau wissen, wozu sie noch gut sind, grundlos auf?
Neben Urkräften wie dem Trieb, dem Willen und den Begehrlichkeiten, die von sich aus schlagkräftig sind, sieht die Rationalität wie eine staubige Kiste aus. Also müssen wir sie immer wieder herausholen, polieren, in ihr Sortierungen vornehmen und aus ihr eine Schmuckschatulle mit brauchbaren Ingredienzen zaubern! Unsere Vernunft muss gepflegt (d.h. gewartet!) werden wie ein Garten.

§ Das weltberühmte Kinderspiel nennt es beim Namen: *Eile mit Weile!*

§ Vorgestern lief eine Sendung im Fernsehen mit einem Titel im Stil von *Der neue Minimalismus*. Darin wurden drei Menschen porträtiert, die sich dem Minimalismus verschrieben haben. Der eine ein professioneller Aufräumer, einer, der den Menschen bei dieser Aktion beisteht und ihnen hilft, sich von nutzlosen Erinnerungsfossilien, die in jedem Haushalt tausend Jahre vor sich schieben, zu trennen (man kennt sie: den hässlichen Krug einer vor zwanzig Jahren verstorbenen Tante, die süssen Zeichnungen des Nachbarkindes, die altmodischen Teller, die beim ersten gemeinsamen Urlaub am Meer mit dem ersten Geliebten erworben wurden und seither nie zum Einsatz gekommen sind, usw.), gegen Entgelt, versteht sich.
Die zweite Person war eine Ökobiologin, die im Rahmen eines Projekts in einem mobilen Haus auf immerhin 50 m^2 lebt, immer wieder ein neues Grundstück finden muss, wo sie ihr stabiles Zelt aufstellen darf, vor allem aber aufgrund ihrer Wohnsituation auf einem engen Raum in gewisser Weise das Idealleben des Ersteren praktiziert (alles schön aufgeräumt, praktisch nichts Privates, das herumsteht, usw.).
Der dritte Minimalist war in spektakulärer Weise interessant, weil seine Lebensweise uns vorführt, wie wir wären, wenn wir eines Tages zu Commander Spock auf Erden mutieren würden. Ein junger Mann um die dreissig, seit seiner Jugend ein Computerfreak, führt ein erfolgreiches Nomadenleben als Geschäftsmann, als loyaler Freund, später in der Sendung auch als Liebhaber. Basierend auf einem durch und durch rationalisierten Umgang mit der Zeit und auf der Reduktion von persönlichen Gegenständen auf lediglich 64 Stücke, führt er ferner an die zwölf Fir-

men, auf allen Kontinenten verteilt, trifft seine Mitarbeiter alle drei Monate irgendwo, hat keine eigene Wohnung, lebt in den Hotels und Flugzeugen (hält sich selbstverständlich täglich durch seine Push-Ups fit und dreht seine Runden um die Blocks dieser Erde), seine Habseligkeiten stets mit sich herumtragend. Hoch diszipliniert und streng ist dieser junge Mann nicht nur im Umgang mit der Zeit, sondern auch mit sich selbst. Alle Lebenssegmente sind komplett durchdacht. Selbst das Funktionieren seiner Freundschaften wird alle drei Monate hinterfragt und evaluiert. Dieses aus 64 Artikeln (vorwiegend Socken und Unterwäsche, gefolgt von Kabeln und Kopfhörern) zusammengesetzte Leben wird mithilfe eines neuen Zentralnervensystems gemeistert: Ohne ein Handy und ein Laptop wäre es nicht durchführbar. Doch was sich am Anfang des Porträts als eine bemerkenswerte Kuriosität, sogar mit einem Bewunderungsfaktor, präsentierte, bekam mit der Zeit beklemmende Züge.
Dieses radikal auf Eliminierung von Überflüssigem fokussierte Leben im Dienste des Zeitgewinns erlaubt sich als einzige Irrationalität das Laufen eines Föhns während der Arbeit auf einem Hotelbett (ich fragte mich allerdings, ob dies nicht die Idee der Filmemacherin war, ein wenig ungesunde Beilage in dieses Fitnessteller-Leben hineinzuschmuggeln). Man stelle sich also vor: das Surren eines vor sich hin laufenden Föhnmotors als ... Wiegenlied, wer weiss? Dieses autarke Monadenleben ist bizarrerweise nicht fern von den Zielen und teilweise auch Argumenten des platonischen Staates, aber auch von dessen unsympathischen und widersprüchlichen Seiten. Nach Hegel müssten wir dieses durch und durch zweckmässig gestal-

tete Leben als vernünftig taxieren. Doch warum wirkt diese konsequente Vernünftigkeit nicht menschlich?
Offensichtlich bedeuten Einseitigkeiten auch unser politisches Ende!
Weder die monopolisierte Irrationalität im populistischen Gequassel und Gehabe noch das Ideal eines restlos rationalisierten Lebens entsprechen der Realität des Menschen (so vermutlich der Grund, warum so viele Menschen sich derzeit von der Politik, egal von welcher Seite, nicht angesprochen fühlen). Die beiden einseitigen Modelle sind zudem im wahrsten Sinne des Wortes unfruchtbar, weil sie keine Gespräche zulassen.
Um es mit der diktatorischen Weisheit Sokrates' zu sagen (der seinerseits auch nie in ein wirkliches Gespräch verwickelt war), bleibt uns vermutlich nichts anderes übrig, als uns von unserer Vernunft leiten zu lassen, allerdings nicht, wie Platon vorgab, im Sinn einer Vollnarkose, sondern immer wieder, homöopathisch dosiert. Und dabei wäre eine funktionierende Notfallapotheke gelegentlich nützlich! Immerhin hatte Platon so viel Einsicht und Ironie, seinen tragischen Protagonisten sagen zu lassen, dass nichts Menschliches grossen Ernstes wert sei. [21]

§ Wozu die unbedachte Eliminierung von Überflüssigem im Leben führt, zeigte übrigens Ludwig Tieck vor knapp 200 Jahren in seiner Novelle *Des Lebens Überfluss*. Am Schluss blieb nichts mehr übrig ausser dem Nachsinnen über «den Inhalt des menschlichen Lebens, dessen Bedürfnis, Überfluss und Geheimnis.» [22]

§ Alte Tagebücher zu lesen, hat immer etwas Beschämendes. Man ist in ihnen immer unbeschreiblich jung – allerdings nicht im heutigen Sinne (schön, intelligent, faltenfrei, überhaupt frei und *molto amabile*), sondern jung im Sinne von gedankenlos und unmittelbar. Selbst dann, wenn die Notizen aus dem Erwachsenenalter stammen. Und wenn ab und zu eine Aussage auftaucht, von der man wenigstens im Nachhinein sagen könnte: Voilà, schon damals (Eitelkeit und Scham vertragen sich in gewissen Situationen durchaus), gibt es keinen Trost für die darauffolgenden! Kürzlich fand ich in einem dieser Tagebücher in der Rubrik Februar 1994 (ja, das ist eine Weile her) den Satz: «In ein paar Jahren wird man im Winter baden gehen und im Sommer mit den Stiefeln herumlaufen.» Es muss ein warmer Winter gewesen sein, dass ich meinem Tagebuch solcherart intime klimatische Befindlichkeiten anvertraut habe. Doch der nächste Eintrag gibt mehr Auskunft: «Diese Woche bin ich mit 4 Gedichten fertig geworden, zwei davon waren älter und lagen schon seit längerer Zeit in der Garage.»

§ Warten Frauen anders als Männer? Ist noch nie jemand dieser Frage im Rahmen eines Nationalfondsförderprogramms nachgegangen? Auf jeden Fall ist es so, dass es immer noch schwierig ist, als Frau grundlos auf einer Strasse stehen zu bleiben und zu warten. Wartende Frauen im öffentlichen Raum haben einen schlechten Ruf.

§ Soeben wurde in den Nachrichten des Schweizer Kultur-Radios berichtet, dass die Forscher einer schwedischen Universität herausgefunden hätten, dass die Menschen im Gastronomiegewerbe geselliger seien als die in einer Bibliothek. Ich habe mir sofort vorgenommen, meine Bücher künftig in einer Kneipe zu bestellen.

§ Es lohnt sich, ernsthaft darüber nachzudenken, ob das Aufkommen von Trump & Co. nicht mit der Verwässerung unseres Bildungssystems zusammenhängt, da es zu einer versteckten Geldwäscherei-Industrie mutiert zu sein scheint. Sämtliche Ausbildungsgänge, die früher in maximal zwei Jahren absolviert werden konnten, dauern heute mindestens vier. Immerhin darf man Semester für Semester Gebühren bezahlen und erhält für jeden Schwachsinn am Schluss einen Bachelortitel. Kein Wunder, dass dieser Titel auch einer seichten Fernsehserie Pate steht.
Was für ein Glück, dass mir niemand für diese Zeilen Credit-Points verspricht! Allein der Gebrauch eines Wortes wie *Credit* zeigt an, nach welchem Vorbild unsere Bildungsstätten funktionieren sollen. Vielleicht holen wir einst unsere Bücher, falls es sie noch geben sollte, am Bankschalter ab wie unsere Identitäten.

§ Ein Geschenk auspacken. Bin ich damit überrascht worden? Was wird mir geschenkt? Erwartete ich nicht-erwartend ein Geschenk, weil ich zum Beispiel ... Geburtstag habe? Weiss ich, was mich in der Geschenkverpackung erwartet? Ist meine Freude damit geringer?
Im Schenken liegt etwas schief. Vielleicht bewachen wir es aus diesem Grund mit Herzklopfen in den Augen.

§ So viele Männer der Kunst- und Literaturwelt schreiben offen und stolz über ihre Bordellbesuche (die Brüder Goncourt, Giacometti, Paul Nizon u.a.)! Warum? Weil sie einen Sehnsuchtsort beschreiben wollen oder weil sie dort des Glücks teilhaftig wurden? Was ist der Kern dieses Glücks, das sie wie eine Trophäe mit sich herumtragen: Machtfantasien? Die Idee, ein Bad Boy zu sein? Die Idee, überhaupt ein Boy zu sein? Abwechslung? Realisation eines unproblematischen Sex (ohne Verbindlichkeiten, ohne unnötige Galanterien und ohne Grenzen, zumindest solange die Kasse stimmt), heisst schliesslich: unmittelbar. Geht es um die Verwirklichung all dieser Fantasien ohne die Demütigung, warten zu müssen?

§ Proust wartete unablässig: auf den Gutenachtkuss der Mutter, auf Gilberte, auf Albertine, auf die Erfüllung seiner Sehnsüchte. Wer wartet, muss auch in Kauf nehmen, enttäuscht zu werden.

§ Es fehlt (eigentlich wollte ich schreiben Es fällt – aber was soll's, ein anderes Mal).

§ Alle Kunst und alles Denken entstehen in der Auseinandersetzung mit der Zeit. Für Balthus war die Kunst besiegte Zeit, für Hegel bestand die Philosophie darin, die eigene Zeit in Gedanken zu erfassen. Nichts, nichts was Bestand hat, kann ohne Auseinandersetzung mit der Zeit gestaltet werden, gute Poesie nicht, noch weniger ein gutes Leben.

§ Im Kapitel *Misère de l'homme* in seinen Pensées sieht Pascal die Quelle des menschlichen Unglücks darin, dass der Mensch nicht ruhig sitzen kann: «J'ai découvert que tout le malheur des hommes vient d'une seule chose, qui est de ne savoir pas demeurer en repos, dans une chambre ...» [23] Und was die Gefahren der Dichtung in Platons Idealstaat ausmachte, fand Pascal in der Komödie: « ... entre tous ceux que le monde a inventés, il n'y en a point qui soit plus à craindre que la comédie.» [24] Was also sagen über eine Epoche, die alles – von der Politik bis zu den Künsten – zu einem Event, einem Happening herabgesetzt hat, das uns Spass bereiten soll? Alles, was nicht der Zerstreuung dient, ist es heutzutage nicht mehr wert, erkannt zu werden.

§ Auf der Homepage der Frankfurter Buchmesse waren im Jahr 2010 Martin Walser und Thomas Gottschalk in einer Reihe abgebildet. Es wurde höchste Zeit, sich nie wieder mit dieser Veranstaltung zu befassen.

§ Eine meiner Lieblingsgewissheiten, die ich Roland Barthes verdanke, ist die Frage: «Bin ich verliebt? Ja, weil ich warte.»

§ Wann habe ich wohl das letzte Mal auf einen Brief gewartet?

§ Ohne Warten keine Liebe, weder grosse noch kleine. Trotzdem gibt es eine Sinnerfüllung im erwartungslosen Warten. Diese ergibt sich im Wohlgefallen an der Geste selbst.

§ Wenn Warten die natürliche Folge von Wollen ist (siehe oben), was ist dann von einer Welt zu sagen, in der nicht mehr gewartet wird?

§ Es gibt Abgründe in der Zeitverschwendung.

§ Alle Welt wirft den Jüngeren ihr transparentes und oberflächliches Begehren nach Ruhm und Reichtum vor (ja, auch ich!), dabei greifen diese ganz einfach nach den üblichen Brecheisen der Erwachsenenwelt, nur unverhohlener und mit mehr gespielter Lust. Ein Selfie ist eine Botschaft aus einer Welt, die es nicht gibt. Es ist der simpelste Ausdruck für den Wunsch nach Zugehörigkeit.

§ Zum Warten gehört die Fähigkeit, ausharren zu können, was unweigerlich den Begriff *Geduld* ins Spiel bringt. Überraschend ist allerdings, dass selbst Langeweile Geduld voraussetzt. Insofern wäre Hebels Ausspruch, wonach die Langeweile auf den Tod warte, zu hinterfragen.[25]

§ Es erfordert sehr viel Mut, wenn jemand flüstert: «Ich will dieses Warten.» Weil es ein Bekenntnis zum Leben ist.

§ Die Liebeskranke ist zuerst traurig, weil ihr das Warten auf die Rückkehr des Geliebten unerträglich lang vorkommt, und später, weil ihr dessen Vergeblichkeit bewusst wird.

§ Dort, wo Warten zum Anspruch wird, entsteht Erwarten.

§ Wäre die heutige Welt im Sinne Camus'? Ist nicht die Gleichzeitigkeit und damit die Gleichwertigkeit von Vielem das Ideal seines Protagonisten Meursault in seiner Erzählung *Der Fremde?* Meursault, der am Vorabend seiner Hinrichtung beim Priester, der bei ihm auf Besuch ist, die Gleichgültigkeit der Welt heraufbeschwört und ihn mit den Worten anschreit: «Was bedeutete es, dass Maria heute ihren Mund einem anderen Meursault bot?»[26] Meursault, der in diesen Augenblicken erst versteht, warum seine Mutter am Ende ihres Lebens einen Bräutigam genommen hatte, um nochmals Anfang zu spielen. Wenn der «dunkle Atem aus der Tiefe der Zukunft» alles gleich macht, wie Camus Meursault sagen lässt, und in dieser Gleichmachung einzig die «Zärtlichkeit der Welt» als Wert zählt, warum hegt Meursault am Tag seiner Hinrichtung den Wunsch nach vielen Zuschauern, die ihn mit «Schreien des Hasses» empfangen? Wie stehen Hass und Zärtlichkeit in der absurden Welt zueinander, wenn doch alles gleich ist und nur das Glück des Augenblicks und die Wohltaten der Natur bewirken, dass «man nie ganz unglücklich sei», wie dies in Camus' gesamtem Werk immer wieder unterstrichen wird (ein Leben am Meer, das Sonnenlicht, die Flammen des Begehrens)? Im Grunde ist das Glück in Camus' absurder Welt (die erstaunlicherweise gewisse Ähnlichkeiten mit dem Prozess des Lebens als Absolutheit bei Simmel aufweist) paradoxerweise ein rückwärtsgewandtes: Wir werden glücklich gewesen sein, im Anblick des Todes. Vermutlich noch radikaler: vom Tod aus gedacht.

§ Angenommen wir lebten in einer Welt ohne Bücher: Wären wir weiterhin eine Schriftkultur oder verwandelten wir uns zu einer blossen Schriftgemeinde? Die Schriftlichkeit würde uns sicher nicht abhanden kommen. Bleibt also zu hinterfragen, welche Rolle das Papier als Kulturträger spielt.

Papyrus, der Patenonkel unseres Papiers, hat eine ungeklärte Etymologie. Üblich ist die Zuweisung auf das ägyptische *pa per aa* (was dem grossen Haus, das heisst: dem Pharao, gehört). Doch die Verwandtschaft mit dem altgriechischen Wort χάρτης *(Papyrusrolle)* ist Philologen zufolge keineswegs gesichert. Interessanter allerdings sind in diesem Zusammenhang die falschen Etymologien.[27] Das sind Etymologien, die sich durch Lautnähe, Wortspiele mit den Silben etc. ergeben und in der Antike sehr verbreitet waren, heute aber nur noch von wenigen in Anspruch genommen werden. Platon, Varro, Ovid, Augustin und viele andere vor und nach ihnen gingen selbstverständlich mit dieser Kunst um. χάρτης könnte auf diesem Weg über das Phönizische auf das hebräische Nomen ḥɛrɛṭ zurückinterpretiert werden. [28] טרח (ḥɛrɛṭ) meinte ursprünglich nichts anderes als ein Schreibinstrument, ein Schreibwerkzeug, mit dem Schrift in Stein oder Ton eingeritzt wird, eine Art Schreibmeissel. Zudem kann das Wort für Gravuren, nicht als Instrument, sondern im Sinne einer gravierten Schrift verwendet werden. [29]

So wird das althebräische Wort ḥɛrɛṭ im Buch des ersten grossen biblischen Schriftpropheten Jesaja in der Einheitsübersetzung der Heiligen Schrift wie folgt übersetzt: «Nimm dir eine grosse Tafel und schreib darauf mit dem Griffel eines Menschen.» [30] Bei der Bibel-Ausgabe von

Naftali Herz Tur-Sinai lautet die Stelle: «Nimm dir ein großes Tuch und schreib darauf ...» [31]
Auch die englischen Übersetzungen sind aufschlussreich. Allein für das Wort Tafel kommen viele Versionen infrage: *scroll, signboard, tablet, piece of parchment, something to write on, piece of writing material, a roll, a book.* Wir interessieren uns jedoch für die Übersetzungen des *Menschengriffels* bzw. ḥɛrɛṭ: *ordinary pen, ordinary stylus, a man's pen, a stylus pen, a graving tool* (Grabwerkzeug). Alles in allem scheint die Konstellation *Schreiben/Schrift-Werkzeug (Pen bzw. Griffel)* für die Bezeichnung *Papyrus* und die Entstehung der Schriftkultur Hand in Hand gelaufen zu sein.
Damit eine Kultur zustande kommt, sind Werkzeuge vonnöten, beim Schreiben selbst (die Tastatur hat in den letzten Jahren den Kugelschreiber weitgehend ersetzt), aber auch bei der Weitergabe eines Textes, als Buch beispielsweise. Und hier gibt es einen entscheidenden Unterschied zu einem papierlosen Text, der sich auch verbreiten lässt. Das Papier ist gezeichnet von der Schrift. Sie sorgt auch für eine gewisse Distanz bei der Lektüre. Papier ist ein fantasmatischer Ort, ein Sehnsuchtsort, wenn wir zum Beispiel auf einen Brief warten oder in ein Buch vertieft sind. Das Papier ist ein Subjekt (unsere Papiere, die uns ausweisen!) und zugleich ein Objekt, das wir sehen und anfassen können, wir hören es sogar knistern. Und es riecht und altert, wie wir selbst. Das Papier ist ferner der verbindliche Ort des Versprechens. Wir sind keine Schriftkultur, nur weil wir schreiben. Wir sind es bisher gewesen, weil unser Schreiben physische Spuren hinterlassen hat.
Alle Zeichen und Tendenzen deuten gegenwärtig darauf hin, dass wir uns zunehmend von einer Instanz, die unser

referenzielles System als Kultur ausmachte, zu trennen im Begriffe sind. Doch Achtung: Wir verabschieden uns keineswegs vom Verbrauch und von der Produktion des Papiers, im Gegenteil! In sämtlichen Untersuchungen wird seit vielen Jahren belegt, dass unser Papierkonsum, will sagen: unsere Papierproduktion, weltweit eklatant gestiegen ist – in Deutschland, wo jährlich so viel Papier wie in Afrika und Südamerika zusammen verbraucht wird, hat sich dieser Wert seit 1950 mehr als verzwölffacht. Das digitale Universum hat also das Papier nicht ersetzt. Das papierlose Büro scheint weiterhin vorwiegend in *Star Trek* stattzufinden. Einen beträchtlichen Anteil an dieser Entwicklung nimmt unsere Verpackungsindustrie, die sich dem wachsenden Online-Handel verschreibt. Seltsame Wege des Schicksals.

Ich hatte diesen Abschnitt bereits fertiggeschrieben, als ich per Zufall Derrida in einem Buch über den Weg lief. Wirklich *per Zufall* (Ist Literatur etwas anderes als eine gewünschte Koinzidenz?).

So fange ich nochmals an.

Wenn es einen Denker gibt, der es verdiente, als Philosoph des Papiers bezeichnet zu werden, dann ist es mit Gewissheit die Galionsfigur der Postmoderne: Jacques Derrida. Zahlreich sind die Begriffe, entlang derer der französische Philosoph in seinem eindrücklichen Werk den Spuren der Schrift auf dem Papier und deren (politischen) Konsequenzen (wie bei den sans-papiers) nachgegangen ist: *Pli, sujet, surface, trace, marque, gramme, support, inscription* u.a. sind bekanntlich einige der Begriffe, die er geprägt hat. Bereits in *De la Grammatologie* aus dem Jahr 1967 hatte Derrida die gegenwärtige Entwicklung vorweggenommen, als er schrieb: «Wenn wir den Text vom Buch abheben, dann wollen wir damit sagen, dass der Untergang des Buches, wie er sich heute in allen Bereichen ankündigt, die Oberfläche des Textes blosslegt.» [32] In einem anderen, aus heutiger Sicht prophetisch anmutenden Aufsatz erklärt er später: «Künftig wäre dieser Text kein abgeschlossener Schriftkorpus mehr, kein mittels eines Buches oder mittels seiner Ränder eingefasster Gehalt, sondern ein differenzielles Netz, ein Gewebe von Spuren, die endlos auf anderes verweisen, sich auf andere differenzielle Spuren beziehen.» [33]

Derrida – 2004 gestorben, in jenem Jahr, in dem Facebook geboren wurde – war sich in der Mitte des vergangenen Jahrhunderts bereits bewusst, dass mit Papier eine bestimmte (Macht-)Epoche zu Ende geht und mit elektronischen Medien eine neue beginnt. Dabei waren ihm die statistischen Befunde der Papierindustrie ebenfalls bekannt. Doch, wie er 1997 in einem Interview präzisierte, betreffen die Produktionssteigerung und der Verbrauch des Papiers lediglich jenes Papier, das er «le papier secondaire» nannte. Dieses Papier hat mit dem Papier als «première inscription» seines Denkens nichts zu tun. [34]

Es geht also, und so weit war meine Übung gediehen, um die Abnahme des Papiers als lien acceuil, als Haut, als Berührungsort. Doch was ist Papier? Derrida geht so weit, vorzuschlagen, diese Frage als abhängig von der Geschichte der Frage «Was ist ...?» zu lesen, d.h. als abhängig von der Frage nach der Philosophiegeschichte selbst. [35]

Das Verschwinden des Papiers hat in dieser Logik das Verschwinden von manchen Fragen und manchen Traditionen zur Folge: die Stabilität der Wahrheitsfrage (in den

Zeitungen und in den Wissenschaften). Es hat aber auch politische Konsequenzen, derer wir uns erst allmählich bewusst werden. Bereits vor zwanzig Jahren stellte Derrida fest, dass wir in einer elektronischen Welt alle *sans-papiers* wären und dass mit dieser Entwicklung eine neue Geschichte entstehen würde (keineswegs im Sinne von Fukuyamas *Ende der Geschichte*). [36]

Das Display mag zwar eine Figur des Papiers sein, und die elektronische Verbreitung des Wissens mag zunehmend die Kultur des Papiers nachahmen (auch im Netz braucht man eine lesbare Darstellung, ein Layout, die Urheberschaft seriöser Schriften muss geklärt sein und es gibt die Möglichkeit des Verkaufs etc.). Doch gerade diese Gestik gehört Derrida zufolge zur Ökonomie der Kompensation, und diese wiederum sei dafür da, die Trauer zu amortisieren. [37]

Mit anderen Worten: Das technische Ereignis ist keine Entwicklung des Papiers, damit müssen wir uns abfinden. [38]

Logisch, dass uns dieser Abschied mit Nostalgie erfüllt: Nicht mehr von Hand schreiben, nicht mehr eine Taste anschlagen, die einen Kugelkopf in Bewegung versetzt, einen schwarz gefärbten Buchstaben auf ein Stück Papier zu stempeln, kein Durchschlagpapier mehr, das die Reproduktion eines Originals ermöglichte, indem es dessen physische Spuren auf sich nahm ...

Der Trost des Philosophen in dieser Abschiedszeremonie ist – typisch für seine Denk- und Schreibweise – eine janusköpfige Empfehlung. Man muss den Wunsch beibehalten, auf nichts verzichten zu wollen, sagt Derrida, und erinnert seinen Leser daran, dass diese Aussage das Wesen des Unbewussten selbst ausmache. [39] Man soll beide Materien pflegen und zweihändig fahren. In seinen Wor-

ten: «la fin du papier, c'est pas demain la veille», das Ende des Papiers geschehe doch nicht von heute auf morgen.[40] Aber: Der Abschied vom Papier erfordere neue Verantwortungen, eine andere kritische Kultur des Archivs, und irgendwann liefe die Entwicklung (auch aus ökologischen Gründen) auf ein *entweder oder* aus: «le papier ou moi», entweder das Papier (als einstiger Identifikationsort) oder ich.[41] Die Bildertsunami in den sozialen Medien legt allerdings nahe, dass derzeit das Papier im Rückstand liegt. Šamši-Adad I, Begründer des altassyrischen Reiches, war zwei Jahrtausende vor Christus eindeutiger als Derrida, als er in seinen Tempelinschriften die künftigen Generationen darum bat, selbst wenn alles in späteren Zeiten nur noch eine Ruine sein sollte, seine Inschriften nicht zu entfernen, so wie er selbst die alten Inschriften restauriert und erhalten habe.[42]
Wir schliessen uns gerne diesem Wunsch an.

§ Das Glück liegt in der Kurve, las ich kürzlich in einem Auto- und Motorradmagazin. *In einer Kurve liegen*, heisst das nicht auch *kurz innehalten?*

§ Ist vielleicht Langeweile ein anderer Name für ein grundloses Warten oder ist dieser Gedanke ein Widerspruch, weil man nie grundlos wartet?

§ Es gab eine Zeit, in der ich bis zu zehnmal täglich dem Briefkasten einen Besuch abstattete. Was wohl dem Grimmschen Wörterbuch zufolge der «liebevollen Betrachtung» entsprochen haben muss, in der das Wort *Warten* seine Anfänge nahm. Aus dieser älteren Verwandtschaft geht hervor, dass *Warten* mit *Sehen*, mit *Blicken* zu tun hatte, bevor es zu den Bedeutungen *bewachen* oder *pflegen* heranreifen konnte: «seinen Blick worauf richten», «hinsehen auf dasjenige, das man begehrt und zu erhalten hofft», »verharren in der Erwartung», «verweilen, verziehen» präzisiert und belegt das berühmte Wörterbuch den Werdegang des Wortes in über sechzig Seiten. [43]
Irgendwann im Verlauf der Zeit trat das offensichtliche Objekt, worauf der Blick gerichtet war, jenes, das begehrt wurde und das es zu bewahren galt, in den Hintergrund. Man fing an, auf sein Erscheinen zu hoffen – und wartete.

§ Je länger wir auf etwas warten, desto begehrenswerter erscheint es uns. Vielleicht ist dies der Grund für so viel Unzufriedenheit in unserer Zeit: Weihnachten, die zweieinhalb Monate im Voraus erkauft sein wollen! Allgegenwärtig der Anspruch, sofort zu bekommen, was wir wünschen, usw. Und dann holen sich viele auf künstliche Weise die Zeit zurück, die sie sonst im Leben nicht bereit sind, auf natürliche Weise herzugeben – durch Meditationen und Entspannungsriten.

§ Adoleszenz ist die Zeit des Wartens.

§ Echter Glaube ging immer schon mit der Geduld einher. All die Rituale und Praktiken haben nicht nur den Zweck, durch symbolische Sinnstiftung eine Gemeinschaft zu bilden. Sie sind immer auch Taktiken der Verzögerung, fast identisch mit der Choreografie der Lust.

§ Umblättern ist eine wertvolle Geste. Ob sie je verloren gehen wird?

§ Apropos *Lust*: Schön, dass Slow-Food uns das Warten beibringen will! Schade bloss, dass die Angelegenheit so kostspielig ist. Eigentlich bemerkenswert, ist doch Beschleunigung wesensmässig dem Kapitalismus zugewandt ...

§ Keine Generation hat sich von der okkupatorischen Macht der Vergangenheit so schnell verabschiedet wie die gegenwärtige. Parallel dazu ist auch die Zukunft der Zukunft ungewiss geworden, zumal die Religionen ihre Versprechen nicht haben einlösen können. Unverständlich bloss, dass ausgerechnet in einer solchen Epoche, in der ohnehin nichts als die Gegenwart vorherrschend ist (Gleichzeitigkeit der Ereignisse, Reibungslosigkeit der Dinge, Geschwindigkeit, das Verschwinden der Spuren etc.), ausgerechnet sie selbst als Zeitform von allen alternativ orientierten Sinnexegeten gefeiert wird. Warum hat die Gegenwart zurzeit einen derart kultischen Rang? Was wäre denn noch gegenwärtiger als die Gegenwart selbst?

§ Standardfrage bei einem Bewerbungsgespräch:

- Was sind Ihre Schwächen?

Standardantwort dazu:

- Ungeduld (manchmal auch Schokolade).

§ Im Zeitalter des totalen Ausdrucks sollten wir auch beim Lesen den Ausdruck vorziehen. Ich rate es jedem, mit diesem Gedicht eine Testprobe zu machen und sich davon zu überzeugen, dass es sich auf dem Papier anders liest als auf einem Bildschirm.

Lass mich mit glühnden Zangen kneipen,
Lass grausam schinden mein Gesicht,
Lass mich mit Ruten peitschen, stäupen –
Nur warten, warten lass mich nicht!

Lass mit Torturen aller Arten
Verrenken, brechen mein Gebein,
Doch lass mich nicht vergebens warten,
Denn warten ist die schlimmste Pein!

Den ganzen Nachmittag bis Sechse
Hab gestern ich umsonst geharrt -
Umsonst; du kamst nicht, kleine Hexe,
So dass ich fast wahnsinnig ward.

Die Ungeduld hielt mich umringelt
Wie Schlangen; – jeden Augenblick
Fuhr ich empor, wenn man geklingelt,
Doch kamst du nicht – ich sank zurück!

Du kamest nicht – ich rase, schnaube,
Und Satanas raunt mir ins Ohr:
Die Lotosblume, wie ich glaube,
Mokiert sich deiner, alter Tor!

Heinrich Heine [44]

§ Es gibt nicht nur «le plaisir du texte» [45]. Es gibt auch die Lust des Papiers. Ich habe mir vorgenommen, sie wieder lebendig zu machen.

§ In manchen Eigenschaften ändert sich der Mensch nie, zum Beispiel in seinem Urteil über die Jugend. Die konstant abfällige Einschätzung der jungen Menschen in der Geschichte geht ausnahmslos einher mit der edlen Angst vor dem Verlust der Kultur. Watzlawick zitiert eine babylonische Tontafel, ca. 1000 vor Christus, die Ähnliches bezeugt: «Die heutige Jugend ist von Grund auf verdorben, sie ist böse, gottlos und faul. Sie wird niemals so sein wie die Jugend vorher, und es wird ihr niemals gelingen, unsere Kultur zu erhalten.» [46] Aus dieser Sorge wurde zu allen Zeiten der Schluss gezogen, früher sei alles besser gewesen.

In diesem Befund sind bemerkenswerterweise keine kulturellen Unterschiede auszumachen. Dass sich die Alten überall auf der Welt in ähnlicher Weise äussern, lässt sich sogar beim Japaner Tanizaki Jun'ichirō nachlesen: « ... je älter der Mensch wird, desto mehr kommt er auch ohne besonderen Anlass zur Überzeugung, früher sei alles besser gewesen als in der Gegenwart ... zu keiner Zeit waren sie [die Alten] je mit der eigenen Gegenwart zufrieden.» [47] Offenbar erfährt jeder Mensch ab einem gewissen Zeitpunkt in seinem Leben die Veränderungen seiner Zeit als so tiefgreifend, dass er zur Überzeugung kommt, dass die jüngsten zivilisatorischen Errungenschaften ausschliesslich der Jugend schmeicheln würden und nicht ihm und seiner Generation. Dieser Erfahrung ist allerdings nichts entgegenzusetzen, weil sie schlicht wahr ist. Doch fragt es sich, ob die Sorge um ein mögliches Zu-Ende-Gehen der uns bekannten Kultur nicht viel mehr eine um das absehbare Abklingen unseres eigenen Lebens ist. Es sind die Veränderungen der Zeit, die unsere Veränderungen sichtbar machen. Jeder Mensch, der ein Kind hat, weiss um die hautnahe Erfahrung, wie schnell die Zeit vergeht (die anderen wissen es auch, aber in diesem Fall hat man die zwei Vektoren Kind/Eltern, die sich in entgegengesetzten Richtungen befinden, intensiv und leibhaftig um und vor sich).

Könnte man ein solches kulturelles Phänomen seiner Konstanz wegen als ein Naturphänomen bezeichnen? Der Erkenntnisgewinn einer solchen Umetikettierung möge ein bescheidener sein, umso beträchtlicher hingegen deren Trostfaktor.

§ In Sachen Jugend lehrt uns Nietzsche eines anderen (auch tröstlich!): Die Jugend sei «gegen alles Neue, das [sie] nicht in Bausch und Bogen lieben» könne, schreibt er.[48] So gibt es wenigstens eine Gerechtigkeit unter den Generationen.

§ Ungeduld, nicht warten können, alles Zierden der Jugend. Eilige Alte verlieren an Würde.

§ Kracauer skizziert ein schlüssiges Bild vom Warten, wenn er diesen Zustand als «zögerndes Geöffnetsein» bezeichnet.[49]

§ Hätte Descartes das Zweifeln als Instrument der Wahrheit erfinden können, wenn er nicht gewartet hätte? Kann man zweifeln, ohne zögerlich zu sein? *Zögerlich*, was für ein schönes Wort!

§ Ich kenne Menschen, die Warten als Zeitverschwendung begreifen und deswegen überall zu spät erscheinen (so etwas doziert auch Lord Henry in Oscar Wildes Dorian Gray, wonach Pünktlichkeit Zeitverlust bedeute …). Aber wenn man sich die Szenerien des ständigen Sich-Beeilens im Alltagsleben dieser Menschen vergegenwärtigt, kann man nicht umhin, festzustellen, dass sie damit noch mehr Zeit verlieren.

§ Nietzsche hatte die Frage nach dem Ort der Kunst in einem «arbeitsamen Zeitalter» gestellt und moniert, dass ihr nur die Reste unserer Zeit gewidmet seien, als Erholung oder Musse. [50] In unserer heutigen Welt, wo die Arbeit als die höchste Tugend behandelt wird, stellt sich diese Frage umso dringlicher, da für den Kapitalismus Warten vergeudete Zeit bedeutet. Man muss nur einen Blick auf jene Industrie werfen, die zur Reduktion bzw. zur Vermeidung von Verspätungen bzw. zum Vergessen-Machen des Wartens geschaffen worden ist (wie all die Luxusshops und Bars in den Flughäfen). [51] In dieser Entwicklung hatte sich Walter Benjamin getäuscht, der der Ansicht war, dass die Menschen das Warten umso mehr lernen müssten, «je mehr das Leben administrativ genormt» würde. [52] Er hatte nicht mit der Digitalisierung gerechnet.

§ Es ist unmöglich, das Tête-à-Tête mit dem Warten ohne Blanchots Namen, ohne sein Wort- und Gedankenexperiment fortzusetzen. Sein Buch *Warten Vergessen* ist ein Versuch, der, wie Vieles, was dieser radikale Schriftsteller und Theoretiker geschrieben hat, als eine Performance des Wortes in einem fragmentarisch angelegten Text daherkommt. Diese nicht immer leicht zugängliche Schrift, die galaktische Distanzen in sich selbst zurücklegt, ist kein Essay, keine Aphorismensammlung, sie ist kein Roman und auch kein Theaterstück, gleichzeitig nimmt sie an allen diesen Genres teil. Man kann darin keine Geschichte ausfindig machen, obwohl zwei Figuren, eine «Sie» und ein «Er», bzw. eine Autorenstimme das Geschehen bestimmen. Es gibt kein «Ich» in diesem Text, ausser bei der Wiedergabe der direkten Reden. Das Ich wird in einem Erinnerungsakt als direkte Rede, das heisst als nicht hörbare Stimme im Text, hergestellt. Das Ich ist bei Blanchot ohnehin ein Zitat. Zu seinem Abschied vom Ich schreibt «Er» bzw. der Text: «Mit welcher Schwermut, doch auch mit welcher stillen Gewissheit fühlte er, dass er nie mehr ‹Ich› würde sagen können.» [53]
Blanchots Text lässt seine Leser nicht allein. Er reicht uns die Hand mit dem Titel *Warten Vergessen*, mit der aphoristischen Anlage des Textes, die erlaubt, bei einzelnen Satzpartituren zu verweilen, vor allem aber mit einem signifikanten Auftakt:
«Hier, und zwar bei diesem Satz, der ihm vielleicht auch noch bestimmt war, sah er sich genötigt innezuhalten. Er hatte sie beinahe sprechen hören, als er die Aufzeichnungen begann. Beim Schreiben noch hörte er ihre Stimme. (...) ‹Wer spricht hier?› sagte sie. ‹Wer spricht denn hier?› [54]

Mit wenigen Zeilen, ohne ein kompliziertes philosophisches Gedankenmanöver (zumindest vordergründig) inszeniert Blanchot seine Koordinate bereits im Eingang zu seinen Reflexionen über das Warten, über das Vergessen und ihren Zusammenhang im einzigen Bereich, um den es ihm geht: die Literatur – *schreiben, innehalten, Stimmen und die Frage nach dem Subjekt*, doch all dies in einem Akt, wo der Text ständig auch seine Herkunft, seine Spuren bis zur Textwerdung hinterfragt und freilegt.

«Hier, und das zwar bei diesem Satz» platziert den Leser von Anbeginn ins Zentrum des Geschehens, nämlich in den zitierten Satz selbst: *Hier ... bei diesem Satz*. Blanchot ist ein glühender Praktikant der Hegelschen Phänomenologie, wie er mit dem Zitieren des «Hier» an prominenter Stelle in seinem Buch einmal mehr vorführt, denn *hier* hat aufgehört, hier zu sein, indem es aufgeführt wird, hier als Singularität ist ein Gewesenes. In Hegels Worten:

«Das *aufgezeigte Hier*, das ich festhalte, ist ebenso ein *dieses* Hier, das in der Tat *nicht dieses* Hier [...] ist. [...] Das Hier, welches aufgezeigt werden sollte, verschwindet in anderen Hier, aber diese verschwinden ebenso ...» [55]

Die Performance dieser Ureigenschaft der Sprachlichkeit in der zitierten Stelle im Auftakt des *Warten Vergessen* gelingt insofern, als der Text dreimal das *Hier* evoziert und damit klarstellt, dass das *Hier* immer ein anderes sein kann und ist (von welchem *Hier* ist überhaupt die Rede? Wo ist das *Hier*?). Deswegen die berechtigte Frage am Schluss der Passage: «Wer spricht denn hier?», wenn dieses *Hier* jedes Mal ein anderer Ort sein könnte.

Ein Mann, eine Frau, verwickelt in einem Text, den er schreibt und sie liest, eine zufällige Begegnung mit grosser Lust nach mehr, was er jedenfalls von Anfang an ahnt und begehrt, eine sich anbahnende Liebesgeschichte am Knotenpunkt einer sogenannten Realität (die allerdings eine durch Worte vermittelte ist) und (s)eines Textes, eine Liebesgeschichte wie die zwischen einem Autor, der seinen Text webt, und seiner Leserin, die diesen Text noch nicht gelesen hat, aber trotzdem da ist, mitliest und mitschreibt wie die innere Stimme. Alles eine Setzung, alles ein Neubeginn und zugleich Wiederholung:

«Immer das alte Wort, das von neuem da sein will, ohne zu sprechen» [56], schreibt Blanchot und stellt seinen Anspruch in den ersten Seiten fest: «Hörbar machen also in einer einzigen Sprache immer das doppelte Wort.» [57] Dabei ist naturgemäss der Raum, jener, in dem sich die Figuren begegnen, von grosser Bedeutung, denn hier wird gewartet. Von dem Moment an, als es um die Beschreibungen dieses Raumes geht (ein Zimmer, ein leeres Hotelzimmer), wird das *Warten* eingeführt. Diese Konstellation war allerdings von Anfang an mit jenem Hier ... *innehalten* im Auftakt angedeutet worden. Doch im Fortschreiten des Textes wird es immer delikater: «... hier das Bett, da ein Tisch, da, wo Sie sind, ein Sessel» [58], als er versucht, das vorerst leere Zimmer für sie zu (be)schreiben.

Mit *Warten* geht die Geschichte, Geschichte im Sinne von Textgeschehen, erst richtig los. Denn wie soll man ohne Warten schreiben? Es ist wie in der Liebe. Auch im Warten sind immer zwei, mindestens zwei, am Werk – ein Schreibender, eine Lesende und all die Stimmen in und zwischen ihnen:

«Zwei Worte, eng aneinandergepresst, wie zwei lebendige Körper, aber mit fliessenden Grenzen.» [59] Wie soll man lie-

ben-schreiben ohne diesen Zustand, der sich im Raum des Schreibens mit weiteren Eigenschaften der Schriftlichkeit vermengt (mit Vergessen, mit Erinnern und mit dem Tod)? «Das Vergessen hat das Wort» [60], schreibt Blanchot. Diesen spezifischen Raum (des Schreibens) hatte er viele Jahre zuvor als *espace littéraire* charakterisiert. [61]
So wird im Verlauf der Text-Geschichte das Wesen des Wartens poliert. Dabei präsentiert sich das Warten mit unterschiedlichen Nuancen, alle jedoch scharf den Kern dieses Zustandes umschreibend, alle geprägt von den Anstrengungen des Wartens selbst: Von der «Fäulnis des Wartens» ist die Rede und davon, dass «Warten können das Wesen einer guten Wand» sei. Warten wird als «Weigerung», als ein «Akt der Unentschiedenheit» beschrieben, als etwas, das alles gleich wichtig und gleich nichtig mache. Und dann eine der berühmten kontradiktorischen Pirouetten Blanchots: «Zum Warten gehört zutiefst die Unmöglichkeit zu warten». [62] Am Ende dieser endlosen Beziehung, wir sind längst dabei, mitzuwarten und zu vergessen, vergewissert sich Blanchot noch einmal, indem sein Text uns immer wieder daran erinnert, dass das In-der-Geschichte-Sein durch die Verzahnung von Warten und Vergessen gewährleistet ist. Durch Umwege, durch Verharren wird die Unwissenheit durchdrungen und mit ihnen das Sprechen, das Gesprochen-Werden ermöglicht, vom Ereignis zur Geschichte, durch die von mir, der Autorin, gewählten Worte, in absoluter Verantwortlichkeit ständiges Hin und Her, Lektionen des Wartens: «Die belassene Stille, die alles, was kommt, in seiner Zukunft belässt.» [63]

§ Meine Damen und Herren
Hier spricht der Captain! In Bälde verlassen wir den Sehnsuchtshimmel und landen auf der kargen Erde der Tatsachen. Die Physik ist ein Geschenk des Himmels.

§ Noch einmal mit Blanchot: «Wie soll man's nur sagen?» [64]

§ Bitte warten Sie noch einen Moment!

§ Nicht vergessen: Attendre, c'est vivre un peu!

Referenzen

[1] Ralf Konersmann, Wörterbuch der Unruhe, Fischer, Frankfurt a. M. 2017, S. 226.

[2] Felix Philipp Ingold, Die Blindgängerin, Ritter Verlag, Klagenfurt und Graz 2018, S. 197.

[3] So Billy Ehn und Orvar Löfgren, die dem Begriff eine interessante Analyse geliefert haben. Vgl. Nichtstun. Eine Kulturanalyse des Ereignislosen und Flüchtigen, Hamburger Edition, Hamburg 2012.

[4] Friedrich Nietzsche, Menschliches, Allzumenschliches, Kritische Studienausgabe, Bd I-II, hrsg. von Giorgio Colli und Mazzino Montinari, de Gruyter/dtv, 1999, hier Bd I, Abs. 61, S. 78.

[5] Oskrar Dähnhardt, Sagen zum Neuen Testament, www.jazzbeeverlag.de, keine Angabe von Seitenzahlen.

[6] Walter Benjamin, Das Passagen-Werk, Hrsg. von Rolf Tiedemann, Gesammelte Schriften Bd V.1, Suhrkamp, Frankfurt a. M. 1991, S. 156.

[7] Vgl. Billy Ehn / Orvar Löfgren, ibid., S. 26.

[8] Paul Valéry, Ich grase meine Gehirnwiese ab, Fischer Verlag, Frankfurt a. M. 2016, S. 115.

[9] Roland Barthes, Fragments d'un discours amoureux, Editions du Seuil, Paris 1977, S. 20.

[10] David Maistre, The Psychology of Waiting lines, hier zitiert nach Billy Ehn / Orvar Löfgren, ibid., S. 38.

[11] Samuel Beckett, Der Namenslose, Suhrkamp, Frankfurt a. M. 1979, S. 75.

[12] Paul Valéry, ibid, S. 122f.

13 Maurice Blanchot, Warten Vergessen, Bibliothek Suhrkamp, Frankfurt a. M. 1964, S. 17.

14 Ralf Konersmann, ibid, S. 228.

15 Karl Kraus, Aphorismen, Suhrkamp Verlag, Frankfurt a.M. 1986, S. 345.

16 Ich verdanke diesen Gedanken Billy Ehn und Orvar Löfgren, ibid., s. 45.

17 Ibid., S. 333.

18 Herbert Marcuse, Der eindimensionale Mensch, dtv, München 1994, S. 108.

19 Siegfried Kracauer, Das Ornament der Masse, Suhrkamp, Frankfurt a. M. 1977, S. 323.

20 Platon, Politeia, 10. Buch, Reclam, Stuttgart 1978, S. 432

21 Platon, ibid., 604b f., S. 427f.

22 Ludwig Tieck, Des Lebens Überfluss, Alfred Scherz Verlag, Bern, S. 77.

23 Blaise Pascal, Pensées, Le livre de poche, Paris 1962, S. 101.

24 Ibid., S. 112.

25 Johann Peter Hebel, zitiert nach Walter Benjamin, ibid., S. 176.

26 Albert Camus, Der Fremde, Rowohlt, Reinbek bei Hamburg 1986, 121ff.

27 Vgl. Gary A. Rendsburg, The Etymology of χάρτης ‚Papyrus Roll', in: scripta classica israelica, Nr. 36, Israel Society for the Promotion of Classical Studies, Jerusalem 2017, S. 149-170.

28 Ibid.

29 Ich danke Herrn Prof. Dr. Alfred Bodenheimer für den wertvollen Hinweis auf die korrekten Übersetzungen des Wortes טרח (ḥɛrɛṭ).

30 Die Heilige Schrift, Jesaia 8:1, Einheitsübersetzung, Katholi-

sche Bibelanstalt, Stuttgart 2016.

[31] Naftali Herz Tur-Sinai, Die Heilige Schrift, Jesaia 8:1, Jerusalem, 1954.

[32] Jacques Derrida, De la Grammatologie, Suhrkamp, Frankfurt a. M. 2009, S. 35.

[33] Jacques Derrida, Gestade, Passagen Verlag, Wien 1994, S. 129.

[34] Jacques Derrida, Le papier ou moi, vous savez ... (Nouvelles spéculations sur un luxe des pauvres), in: Papier Machine, Galilée, Paris 2001, S. 246.

[35] Ibid. S. 251.

[36] Ibid., S. 266.

[37] Ibid., S. 261.

[38] Ibid., S. 247.

[39] Ibid., S. 271.

[40] Ibid., S. 271. In der deutschen Ausgabe des Textes: «Das Ende des Papiers, das wird noch eine Weile dauern», Vgl. J. Derrida, Das Papier oder ich, wissen Sie ..., in: Maschinen Papier, Passagen Verlag, Wien 2006, hier S. 248.

[41] Jacques Derrida, Le papier ou moi, vous savez ..., ibid., S. 272.

[42] «In the future when the temple becomes old, when Ekituš-kuga which I built has become dilapidated ... May he [sc. a future monarch] not remove my monumental inscriptions and clay inscriptions but restore them to their places as I did not remove the monumental inscriptions and clay inscriptions of Maništūšu.» Šamši-Adad I, zitiert nach Albert Kirk Grayson, Assyrian Rulers of the Third and Second Millennia, Toronto u.a., University of Toronto Press 2002, S. 54.

[43] Vgl. Artikel Warten, in: Deutsches Wörterbuch von Jakob Grimm und Wilhelm Grimm, http://dwb.uni-trier.de/de,

Zugriff am 30. Juni 2019.

[44] Heinrich Heine, in: Sämtliche Gedichte, Insel, Frankfurt a. M. 1993, S. 848.

[45] Roland Barthes, Le plaisir du texte, Ed. du Seuil, Paris 1973.

[46] Babylonische Tontafel, zitiert nach Paul Watzlawick, John H. Weakland & Richard Fisch, Lösungen, Hans Huber Verlag, Bern Göttingen u.a. 1992, S. 53.

[47] Tanizaki Jun'ichirō, Lob des Schattens, Manesse Verlag, Zürich 2010, S. 75.

[48] Friedrich Nietzsche, ibid., Bd II, Abs. 161, S. 444.

[49] Siegfried Kracauer, ibid., S. 116.

[50] Friedrich Nietzsche, ibid., Bd II, Abs. 170, S. 623.

[51] Vgl. dazu auch Billy Ehn / Orvar Löfgren, ibid., S. 41.

[52] Walter Benjamin, ibid., S. 178.

[53] Maurice Blanchot, Warten Vergessen, ibid., S. 27.

[54] Ibid., S. 7.

[55] Hegel, Phänomenologie des Geistes, Suhrkamp, Frankfurt a. M. 1970, S. 89. Blanchots Auseinandersetzungen mit Hegel finden sich am Ausführlichsten in seinem Werk Die Literatur und das Recht auf den Tod, Merve Verlag, Berlin 1982.

[56] Maurice Blanchot, Warten Vergessen, ibid., S. 11.

[57] Ibid., S. 13.

[58] Ibid., S. 15.

[59] Ibid., S. 30.

[60] Ibid., S. 110.

[61] Maurice Blanchot, L'espace littéraire, Gallimard, Paris 1955.

[62] Maurice Blanchot, Warten Vergessen, ibid., S. 39.

[63] Ibid., S. 119.

[64] Ibid., S. 109.